시로 보는 함민복 읽기

시로 보는 함민복 읽기

노용무 지음

수필과비평사

무슨 말이 필요하랴. 함민복 시인께 감사드린다. 당신의 존재가 이 책을 이뤘다. 머리말을 쓰며, 만감이 교차한다. 두 사람이 합쳐 백 살이라며 쉰에 결혼한 당신의 너스레를 떠올린다. 쉰내 폴폴 나는 쉰에 나는 첫 책을 엮는다. 민보기 성. 한 번도 불러보지 못한 그 이름 민보기 성아. 지면을 빌려 감사드릴 뿐이다.

이 책은 지금까지 썼던 함민복 시인 관련 논문을 모아 엮어보고픈 욕망에서 비롯되었다. 현역 시인, 살아 숨 쉬는 현존 작가, 중견 시인이지만 시문학사적 평가에는 유보되는 시인, 논문에서 언급되기에는 뭔가 부족하지만 평론이나 비평에는 괜찮은 그럴싸한 시인, 아카데미즘에서는 뭔가 석연찮고 저널리즘에서는 상품성이 그려지는, 그럼에도 불구하고 대중적 인지도와 작품의 수준을, 두 마리의 토끼를 쫓는 욕심 많은 문학가 함민복. 그리고 함민복과 그의 시를 전파하고자 전도사를 자처했던 나. 이러한 몇 가지 풍경들이 이 책을 이루는 구성이다.

언젠가부터 밴드 활동을 하면서 주로 '군산남초등학교 18회' 밴드와 '생활 속의 인문학' 밴드 내에서 시를 올리기 시작했다.

그러면서 자연스레 시를 설명하였고, 그때 주된 작품이 함민복의 시였다. 학교에서 하는 글쓰기와 달랐다. 논문에서 썼던, 문장이 비문이네, 어법에 맞네 틀리네, 문장과 문장, 문단과 문단 연결 고리 등등. 신경 쓰지 않았다. 그래서 좋았다. 지금처럼. 지속적으로 시와 해설을 올리며 편한 글쓰기에 익숙해졌고 계속 뭔가를 쓰고 싶었다. 그 쓰고 싶었던 욕심이 이 책의 1장이다.

　처음 써보는 머리글. 논문 한 편을 쓰는 공력이 든다. 두렵다. 함민복의 시 평전이 오점투성이일 듯해서다. 다섯 권의 시집만으로 엮어낸 평전이 자의적이고 주관적이다. 부디 시인에 대한 애정으로 읽어주시길 부탁드린다. 그리고 감사한 마음을 전한다. 이 글을 쓰는 지금, 당신 앞에 놓인 책 읽기의 수고로움이 이 책을 만드는 주된 자양분이니, 다시 한 번 "감사합니다." 그리고 인문학의 위기를 몸소 체험하면서도 인문학 책을 출판 허락해 주신 서정환 사장님, 유인실 주간님께 꾸벅 인사드립니다.

　이름을 부르면 눈물부터 나는 그 이름. 준석이, 현채. 사랑하는 내 아이들, 그리고 아이들의 엄마 계희. 그들에게 이 책을 바친다. 내 아이들이 어릴 적, 이 책에 실린 논문들을 썼었다. 제대로 놀아주지도 못하고 아빠다운, 남편다운 면모도 많이 부족했다. 훗날이나마 이 책이 변명으로 치부되길 빌어 본다. 그리고 나의 어머니…. 함민복의 시「나를 위로하며」를 되뇌이며….

　　삐뚤삐뚤
　　날면서도
　　꽃송이 찾아 앉는
　　나비를 보아라

　　마음아

2016년 4월

노용무

■ 차례

Ⅰ. 시로 보는 함민복 읽기

　　1. 시로 읽는 함민복을 시작하며　　　　　　　　13

　　2. 희망아, 이 창녀야　　　　　　　　　　　　　15

　　3. 그날 나는 슬픔도 배불렀다　　　　　　　　　35

　　4. 위험한 수업　　　　　　　　　　　　　　　45

　　5. 당신 생각을 켜놓은 채 잠이 들었습니다　　　57

　　6. 흔들린다　　　　　　　　　　　　　　　　78

Ⅱ. 자본주의의 약속, 그 절망과 반란의 글쓰기
　　　– 함민복의 『자본주의의 약속』론

　　1. 함민복 시의 문제성　　　　　　　　　　　105

　　2. 의미의 선회 혹은 알레고리적 반란　　　　　106

　　3. 자본주의의 약속과 질서　　　　　　　　　114

　　4. 근대와 반근대의 경계　　　　　　　　　　121

　　5. 절망과 반란, 그 경계적 글쓰기　　　　　　127

Ⅲ. 뻘의 상상력과 근대성에 대한 사유
— 함민복의 『뻘에 말뚝 박는 법』을 중심으로

1. 서론   **133**
2. 「뻘에 말뚝 박는 법」의 대화적 상상력   **135**
3. 수직적 상상력의 구조—수직으로 뻘에 말뚝 박기   **142**
4. 수평적 상상력의 구조—수평으로 뻘에 말뚝 박기   **148**
5. 결론   **154**

Ⅳ. 허구와 실재의 경계에 놓인 시학
— 함민복론

1. 매트릭스와 자본주의, 그 형용할 수 없는
   미혹과 폭력의 다른 이름   **159**
2. 인간과 가축 또는 인간과 시스템   **161**
3. 허구와 실재 혹은 시뮬레이션과 리얼리티   **166**
4. 아버지와 텔레비전 그리고 지성의
   시대와 감성의 시대   **170**
5. 경계의 소멸과 경계인의 고독   **177**

Ⅴ. 길과 그림자로 이어진 뻘의 상상력
─ 함민복의 『말랑말랑한 힘』론

1. 서론   185
2. 길, 길 위의 다양한 삶과 그 궤적   187
3. 그림자, 존재의 이분법과 타자성   197
4. 뻘, 말랑말랑한 힘과 물컹한 말   205
5. 결론   214

Ⅵ. 장소의 기억과 사물의 존재
─ 함민복의 『눈물을 자르는 눈꺼풀처럼』론

1. 서론   219
2. 공간의 장소화와 장소의 관념화   221
3. 존재의 투사와 존재성의 현현   230
4. 궁극의 사물성, 수직과 수평의 논리   238
4. 결론   245

일러두기

- 이 책의 1장은 시인의 다섯 권의 시집을 중심으로 쓴 시 평전으로, 시로 보는 함민복 읽기이다. 이를 위해 함민복 시인의 전체 작품을 주로 읽었으며, 이외에 문학잡지의 시인 근황이나 소개 및 잡지사 인터뷰란을 참고하였음을 밝힌다.

- 이 책의 2장부터 6장까지는 본고가 함민복의 시를 분석한 글로, 학술지에 게재된 논문이 대부분이다. 게재 연도에 따라 순서대로 배열하였고 마지막 6장은 근래에 새로 쓴 글임을 밝힌다.

- 2장 이후의 글은 발표된 원문을 그대로 수록하였다. 각각의 장에 나타난 인용 시와 각주의 경우, 작품론과 작가론을 발표 순서에 따라 수록하였기에 앞뒤 글과 중복이 되기도 하지만 읽기의 편의를 위해 그대로 게재하였음을 밝힌다.

- 논문을 게재할 당시 논문에 인용한 잡지 발표본(「뻘에 말뚝 박는 법」, 『시안』) 시의 경우, 이후 시집(『말랑말랑한 힘』) 수록본과 행과 연의 배열 및 시어에 약간의 차이를 두고 있지만 당대 발표본을 분석 텍스트로 하였기에 교정하지 않았음을 밝힌다.

- 참고문헌은 함민복 시인을 직접적으로 언급한 글 위주로 정리하였다. 논문의 이론적 정리를 위한 문헌이거나 간접적 인용 문헌의 경우 삭제하였음을 밝힌다.

I.

시로 보는
함민복 읽기

1. 시로 읽는 함민복을 시작하며

2. 희망아, 이 창녀야

3. 그날 나는 슬픔도 배불렀다

4. 위험한 수업

5. 당신 생각을 켜놓은 채 잠이 들었습니다

6. 흔들린다

1. 시로 읽는 함민복을 시작하며

내가 언제 함민복을 알았던가. 대학원 석사 시절 좁은 연구실에서 수업을 할 때였다. 박사과정 선배가 열심히 수업을 듣고 있던 중 그분이 앉은 자리 한쪽에 시집 『자본주의의 약속』이 다소곳이 놓여 있었다. 훔쳐보듯 엿본 그 시집. 이내 달려간 구내 서점. 있었다. 그때부터 나와 함민복의 인연은 시작되었다. 물론 함민복은 나를 알지 못한다. 나 또한 그를 보지 못했다. 그의 시집과 나의 시집 읽기는 이렇게 시작되어 현재에 이른다. 이렇게 시작된 함민복과의 인연은 지면으로만 이어졌지만 나의 함민복앓이는 그 정도가 더해 갔다.

박사 논문이 끝나갈 무렵, 본격적으로 함민복과 그의 시에 대해 공부하고픈 마음이 들었다. 『자본주의의 약속』을 읽으며, 나는 희열과 절망 사이를 오갔다. 희열이란 당시 내가 공부하고 있었던 근대와 반근대 혹은 근대에의 성찰이란 측면을 함민복의 시가 시원스레 긁어주고 있었기 때문이다. 문제는 절망이었다. 당시 난 등단 전이었다. 그즈음 습작을 열심히 하던 때. 그러나 함민복 시를 읽으며 서서히 절망의 나락으로 추락하는 나를 발견했다. 그 빈도가 높아만 간다. 내가 아무리 노력해도 함민복만큼은 못 쓸 것 같다는 절망, 그리고 내 한계를 인지한다는 것. 함민복과 그의 시는 나에게 애증이었다. 몸서리쳐지는. 희열이든 절망이든 다 그랬다. 일종의 늪이었다. 나오려 안간힘을 쓰면 쓸수록 더 빠지는 것. 분명 애증이었지만 완벽한 균형이 아니었다. 절망은 안으로 안으로만 삼키는 것이기에 겉으로 드러나는 것은 '증'이 아닌 '애'였다.

몇 차례의 홍역을 치르며 『우울씨의 일일』과 『자본주의의 약속』, 그리고 『모든 경계에는 꽃이 핀다』를 이어 읽었다. 역시 압권은 『자본주의의 약속』이다. 이후 출판된 『말랑말랑한 힘』과 『눈물을 자르는 눈꺼풀처럼』을 합해도 역시 『자본주의의 약속』이다. 내가 그만큼의 시 작품은 쓸 수 없기에 그의 시를 분석하는 논문이 제격이란 생각이 들기 시작했다. 슬펐지만 기쁘기도 했다. 그로부터 함민복과 그의 시 작품에 매달리기 시작하여 여러 편의 글을 쓸 수 있었다.

함민복의 새 시집이 나오면 나는 강박에 시달린다. 무언가를 써야 한다는 그 무엇. 『눈물을 자르는 눈꺼풀처럼』도 마찬가지다. 이 글을 써내려 가는 이 순간도 그로부터 자유롭지 못하다. 독자가 이 글을 읽을 즈음이면 다섯 번째 시집에 대한 글도 완성되어 이 책에 수록되어 있을 것이다. 강박을 풀기 위한 해음이다. 함민복으로부터 발원하는 실타래를 풀기 위한 첫 매듭이다. 지금까지 썼던 논문을 단행본으로 엮어볼 요량이 생길 즈음 생각했던 것은 그의 평전이었다. 평전이란 개인의 일생을 재구성하고 논평을 가하는 글이다. 그러나 내가 쓰고 싶은 평전은 여타의 그것과는 다르고 싶었다.

함민복과 관련한 수많은 정보가 사이버에 떠돈다. 욕심에 혹은 애정에 이곳 저곳을 기웃거려 보지만 거의 쭉정이다. 내가 알고 싶은 것이나 그에 대해 모르고 있었던 것, 혹은 새로운 그 무언가는 말해주지 않고 끝없이 재생 순환하고 있다. Ctrl X와 V의 마법이다. 그 마법의 주문을 풀 수 있는 것은 '따라쟁이'를 포기하는 것이다. 따라쟁이를 포기한다는 것은 다른 무언가를 만들어내야 한다는 강박을 필요로 한다. 남과 다른 그 무엇. 이제 그 무엇을 시작하려 한다. 그것의 시작은 시다. 함민복이 잉태시켜 세상에 쏟아버린 그의 작품. 읽어가며 함민복의 삶을 따라가 보자. 여유있게, 살살, 딴짓하면서….

2. 희망아, 이 창녀야

이제 함민복의 시집을 열어 보자. 다섯 권의 시집을 연달아 읽어 본다. 몇 번에 걸쳐. 서너 번의 정독을 거치며 생각이 굳어진 것은 그의 삶이었다. 그는 최근의 시에서는 자신의 삶과 일정한 거리를 두거나 간격을 점차 벌리는 듯하지만, 초창기 시의 경우, 자신을 이끌었던 삶의 동력이나 추인에 대해 비교적 적나라하게 드러내고 있다. 우울씨의 하루가 그랬고, 살벌한 자본주의의 약속이 절망이나 환상에 대한 약속임을 드러낼 때, 그 모든 삶과 삶의 경계엔 항상 꽃이 피었다. 세 번째 시집까지 읽으며, 시에 형상화된 시적 화자의 전언을 감지하며, 시인의 목소리를 꾸며낼 수 있다. 말랑말랑한 어조의 낙낙한 감성을 전하는, 혹은 눈꺼풀이란 신체의 일부를 관조하는 명상자의 묵언. 전체 시가 하나의 길을 가고 있지만 모두 다른 색감을 지니고 있다. 그 길이 고속도로든, 구불길이든, 바닷길이든 모두 함민복이란 시인의 정체성으로 나아가는 통로일 것이다. 이제 첫 시집 첫 작품을 열어 길을 떠나보자.

> 손가락이 열 개인 것은
> 어머니 뱃속에서 몇 달 은혜 입나 기억하려는
> 태아의 노력 때문인지도 모릅니다
>
> ─「성선설」 전문

성선설과 성악설이 있다. 맹자와 순자. 공자의 유가사상의 계보를 잇는 두 사상가이다. 공맹사상이라 하니 맹자가 넘버 2이고 순자가 3인가 보다. 그러나 유가 사상의 학문적 우열을 가리는 것이 아니다. 어떤 예술가가 자신의 작품을 호명하는 제목에 대해 고심하지 않겠는가. 의식적이든 무의식적이든 제목은 작품을 생산한 자의 의도가 집적되기 마련이다. 따라서 제목은 작품의 내용을 집약하고 함축하며 상징한다. 그러하기에 '성선설'은 작품의 본문을 이어주는 가장 직접적인 통로이자 맥락을 파악하는 첩경이다.

필자의 열악한 이해도로 말미암아 피상적으로 생각해 보건대, 성선설이란 인간 존재의 근간을 선한 존재자로 규정한 것이라면 악한 존재로 보는 관점이 성악설일 것이다. 정작 중요한 것은 시의 제목과 내용과의 상관성일 터. 시의 내용은 '성선설'을 추론하는 데 인색하다. 시의 전문은 하나의 문장이다. "—은 —입니다." 여기에 몇 개의 한정사가 한 문장을 꾸미고 있을 뿐이다. 그 문장은 하나의 사실과 하나의 추론이 가미되어 있다. 즉, 손가락이 열 개인 사실과 기억을 잊지 않으려는 태아의 노력이란 추론이다.

우리는 자신을 포함한 대부분의 인간들이 손가락이 열 개인 사실에 둔감하다. 둔감하다는 것은 지극한 일상의 풍경이기 때문이다. 손가락이 아홉 개이거나 육손이면 달라지겠지만. 이는 손가락이 열 개라는 사실이 중요하지 않다는 점을 시사한다. 처절하리만치 보편적이고 지극한 일상성을 전혀 뜻밖의 그 무언가로 환치시키는 시인의 상상력에 고개를 끄덕끄덕할 수밖에 없다. 대부분의 독자가 이 시를 읽고 갸우뚱꺄우뚱하지 않고 끄덕끄덕 하는 이유가 바로 개연성의 세계를 경험했기 때문이다. 독자가 들어선 개연성의 세계는 자신의 손가락이 열 개라는 사실과 이 세상에 처음 나오기 전 어머니의 자궁에서 열 달 동안 은혜를 입었었다는 사실이 겹치면서 현재 자신의 처지가 불효자로 불현듯 다가오는 시공간의 마력이다.

그 마력 혹은 주문은 언어적이다. 이제 우리는 시인의 언어적 마법에 걸린다. 자신의 손가락을 바라보면서, 어머니께서 주신 은혜의 시간을 겹친다. 그러면 항용 우리는 불효자가 된다. 열 달 동안 열 개의 손가락을 만들 동안 태아는 아니 우리들은 모두 성선설의 표본이었다. 순수와 순결의 표상이었던 태아는 어머니의 은혜를 잊지 않으려는 자신의 노력을 점차 잊어먹으며 현재의 내가 되어 서 있는 것이다. 함민복 시인 또한 이로부터 자유롭지 못할 것이다. 그 또한 자신의 시로부터 연원하기 때문이다.

어디론가 떠나가는구나
뿌리가 더 괴로웠으리
나는 씨 없는 수박
태양에 대한 상상력으로
철없이 붉게 익은 속
희망아, 이 창녀야
잘 있거라 흐린 날만 들리던
기적소리로 아아, 떠나간다
삶이란 삶을 꾸려 죽음
속으로 떠나는 전지훈련
피할 수가 없구나
저 시퍼런 칼
날

—「수박」 전문

수박의 출가와 열 달 동안 어머니의 은혜를 입고 세상 밖으로 나오는 태아의 출생은 닮아 있다. 수박은 씨 없는 품종으로 인간을 위한 개량형 과일이다. 그 수박은 뿌리로부터 영양분을 공급받을 때, 태양에 대한 불온한 상상력으로 찌들어 있었다. 태양이 양산해낸 그 상상력이란 다름 아닌 '희망'이다. 달리 말하면 '꿈은 이루어진다.'이다. 그처럼 태양에 대한 형용할 수 없는 흠모와 짝사랑은 수박의 속을 붉게 익혀 버린다. 수박 자신도 모르게. 철없이.

어느 날 유독 흐린 날만 골라서 수박을 출가시킨다. 유독 흐린 날엔 유독 더 붉어서일까. 시인은 그것을 일컬어, 자신의 전 존재인 삶을 꾸려 죽음 속으로 떠나는 전지훈련이라 한다. 전지훈련은 한 번 가면 다시 올 수 없는 훈련이다. 그것은 훈련이 아닐 게다. 끝이고 종말이고 죽음이다. 피할 수 없는 저 날 선 칼날. 수박은 태양이 감미롭게 선사한 붉은 액즙의 황홀함을 간직하고, 괴로워하는 뿌리로부터 새로운 세상으로 나아간다. 그러나 피할 수 없는 파멸의 순간, 단 한 번의 칼날에 쩍쩍 벌어지는 두 조각, 세 조각으로 찢어지는 희망의 편린들. 희망은 절망이 있어야 가능하다 했던가.

"희망아, 이 창녀야."

희망이 주는 희망성들을 갈가리 짓이기는 시어. 희망, 바람, 욕망, 기원, 기도, 소원 등 셀 수 없는 낭만적 기표들이 우리 시대를 떠돈다. 열 달 동안의 은혜를 기억하려는 태아의 몸짓은 엄마의 자궁 밖으로 나오는 순간, 희망에 노출된다. 그리고 그것이 점차 절망으로 바뀌는 삶 혹은 그 과정이 될 때 바로 '성선설'의 위력을 실감케 될 것이다. 그렇다면 '꿈은 이루어지는가.' 아니다. '꿈은 미루어지는 것이다'. 항용 끝도 없이 조금씩 조금씩. 자신도 모르게 유예되는 꿈이나 희망은 언제나 자신의 곁에 있지만 마찬가지로 그 꿈이나 희망을 생산해내는 좌절이나 절망 또한 늘 그 곁에 도사린다. 어쨌든, 수박이든 태아든 그들은 모두 세상으로 나온다. 지난한 세상살이. 그 속에서 함민복 시인이 어찌 살아갔는지 우리는 그의 시편을 통해 엿볼 수 있다.

박수소리. 나는 박수소리에 등 떠밀려 조회단 앞에 선다. 운동화발로 차며 나온 시선, 눈이 많아 어지러운 잠자리 머리. 나를 옭아매는 박수의 낙하산 그물, 그 탄력을, 튕, 끊어버리고 싶지만, 아랫배에서 악식으로 부글거리는 어머니. 오오 전투 같은, 늘 새마을기와 동향으로 나부끼던 국기마저 미동도 않는, 등뒤에 아이들의 눈동자가, 검은 교복에 돋보기처럼 열을 가한다. 천여 개의 돋보기 조명. 불개미떼가 스물스물 빈혈의 육체를 버리고 피난한다. 몸에서 팽그르 파르란 연기가 피어난다. 팽이, 내려서고 싶어요. 둥그런 현기증이, 사람멀미가, 전교생 대표가, 절도 있게 불우이웃에게로, 다가와, 쌀푸대를 배경으로, 라면 박스를, 나는, 라면 박스를, 그 가난의 징표를, 햇살을 등지고 사진 찍는 선생님에게, 노출된, 나는, 비지처럼, 푸석푸석, 어지러워요 햇볕, 햇볕의 설사, 박수소리가, 늘어지며, 라면 박스를 껴안은 채, 슬로비디오로, 쓰러진, 오, 나의 유년!! 그 구겨진 정신에 유리조각으로 박혀 빛나던 박수소리, 박수소리.

—「박수소리 1」 전문

시를 읽어보자. 소리를 내서 크게 읽어보자. 읽어본 독자라면 아시겠지만 읽기가 수월치가 않다. 무수히 남발되는 쉼표의 향연이기 때문이다. 따라서 독자의 호흡이 자주 끊길 수밖에 없다. 그러나 의도적이고 전략적이다. 그 의도와 전략에 동의를 구하지 않더라도, 시 읽기가 지난한 건 분명하다. 이런 유의 시 읽기는 이미지를 연결시키는 방식이 나을 듯하다.

자, 먼저 박수 소리를 연상해 보자. 짝짝짝…. 박수 소리가 들리는 장소는 중학교 전체조회시간 운동장이나 강당일 것이다. 햇살을 등지고 사진 찍는 선생님, 새마을기와 국기가 나부끼던 곳, 강렬한 햇볕이 설사를 하는 곳이니 운동장일 것이다. 갖가지 식순으로 도배된 월요일 아침 애국조회. 길고도 긴 교장 선생님의 훈화 말씀이 끝나면 마지막으로 이어졌던 식순이다. 불우이웃 혹은 불우한 학우에게 전달하는 쌀푸대와 라면 박스 전달식이 그것이다. 박수 소리가 들린다. 그 소리가 들리면 몇몇 가난의 대표가 호명되고 인증된 가난이 라면 박스로 검증된다. 벌써부터 찌는 더위와 강렬한 햇볕은 몇 백 명의 전교생들을 지치게 하지만 가난의 징표인 라면 박스를 전달하기 전까지는 결코 끝나지 않을 것이다. 그리고 그 잔인한 식순은 중요한 행사인 듯 연신 카메라 불이 터질 것이다.

"박수 소리가, 늘어지며, 라면 박스를 껴안은 채, 슬로비디오로, 쓰러진, 오, 나의 유년!! 그 구겨진 정신에 유리조각으로 박혀 빛나던 박수 소리, 박수 소리." 유년의 기억은 구겨진 정신과 유리조각으로, 기억을 파먹는 박수 소리가 상흔(트라우마)을 계속 덧낸다.

> 국망산 비둘기바위
> 너덜겅 오르내리며
> 구절초를 뜯고 하산하다가
> 더덕밭을 만났다
> 약초 푸대를 멘 나도
> 도시락을 든 아버지도
> 밥상 대하듯 정신 팔려
> 아버지 얼굴이 지워지고
> 어둠이 山 담는 것도 모르고
> 신바람나던
> 가난의 더덕밭 더덕밭
> 내려가기 위해 내려가려 했으나
> 골짜기를 거슬러올라
> 능선 타던 아버지의 굽은 어깨
> 더덕과 구절초를 메고
> 산의 정적에 떡갈나무 잎새
> 발자국 소리 찍으며
> 산길 내려오던 약초 향기

어느새 덩그런 달 뜨고
내 가슴에서 환해지던
아버지 마음
아아 어머니가 끌어올렸을
구월의 달빛달빛
—「달, 향수의 포석—약초 캐며 살던 시절을 추억함」 전문

혼자 산 지 오래되었다. 혼자 먹는 밥은 쓸쓸하다. 혼자 산 지 오래된 어머니도 그러하리라. 내가 밥상머리에서 늘 어머니를 생각하듯 어머니도 나를 생각하실 것이다. 혼자 먹는 밥상에는 가족에 대한 그리움도 차려진다.

중학교 때였다. 나는 환갑 넘은 아버지를 따라 산山 일을 자주 나갔다. 변변한 일거리가 없는 아버지는 품을 팔거나 어우리소(소 주인과 이익을 반으로 나눠 갖는)를 길렀다. 그러면서 틈이 나면 산으로 돈이 될 만한 것들을 구하러 다녔다.

화전이었던 묵은 밭뙈기에서 칡끈을 끊기도 했고, 삽주 뿌리를 캐거나 북나무북싱이라는, 깨알만한 벌레가 가득 든, 생각(?)처럼 생긴 열매를 따러 다니기도 했다. 또 산비탈에 위태롭게 몸을 붙이고 검은 돌비늘 뭉텅이를 캐기도 했다. 그런 날이면 흘러내린 마사토에서 돌비늘 조각이 반짝이고, 그 조각보다 작은 집들이 옹기종기 모여 있는 우리 동네가 아스라이 보이기도 했다.

"원래 구절초는 구월 구일 구월산에서 아홉 살 난 동자를 데리고 가 뜯는 것을 최고로 쳤단다."

그날도 약초 얘기를 들려주는 아버지를 발맘발맘 따라 세 시간 정도 국망산을 오르니 비둘기 바위가 나타났다. 비둘기 바위

아래로는 수백 미터 이어지는 바위 협곡이 펼쳐졌다.

지게를 받쳐놓고 정부미 포대를 든 아버지와 나는 참구절초를 뜯기 위해 아슬아슬 네 발로 기어다니며 바위벽을 탔다. 참구절초는 바위틈이나 바위 턱에 걸린 흙에 뿌리를 박고 있어서 채취하기가 생각보다 힘들었다. 낭떠러지에 붙어 있는 구절초는 나무를 붙잡은 아버지가 내민 지게작대기를 내가 잇대어 잡고 내려가 뜯기도 했다.

마위에 앉아 어머니가 챙겨주신 누런 도시락을 먹는 맛은 꿀맛이었다. 도시락 뚜껑을 들고 물 따라 마시는 아버지 얼굴에 환한 물 그림자가 어른어른했다.

늦은 점심을 먹고 났을 때 다른 고을에서 봉용 캐러 원정 온 약초꾼이 휘파람 신호를 보내며 나타났다. 고슴도치떼 잡은 자랑을 들으며 잠시 쉬고 다시 구절초를 뜯었다.

아버지와 나는 해가 뉘엿뉘엿해서야 산을 내려가기 시작했다. 산의 측면을 타고 한 구렁을 돌았을 때, 아버지가 어디서 더덕 냄새가 난다고 했다.

더덕밭을 만나 더덕 캐는 재미에 빠져 있는 사이 사방 둘레가 어두워져 있었다. 길이 보이지 않아 당황한 내가 골을 타고 내려가자고 하자, 아버지는 우선 골을 타고 올라가 능선을 잡아야 한다고 하셨다. 힘겹게 험한 골을 빠져나와 능선을 잡았을 때 멀리 낮은 산 위로 달이 떠올랐다.

가끔 가랑잎에 묻힌 까도토리를 밟아 기우뚱하기도 했지만 달빛이 냉큼 걸음을 붙잡아주어 넘어지지는 않았다. 지게에 달빛까지 얹은 아버지와 나는 무거운 지게를 번갈아 지며 몇 시간을 더 걸어서야 산자락 끝에 도착할 수 있었다.

산길의 끝 마을길의 시작에, 마을길의 끝 산길의 시작에, 마중 나온 조그만 어머니가 서 있었다. 산길을 벗어나 한 번 쉬고 집에 가자고 했던 아버지와 나는 지게 쉼터를 지나쳐 그냥 집을 향해 걸었다. 나는 뒤따라오는 어머니를 뒤돌아보며 더덕 캔 자랑을 늘어놓았다.

　어머니가 차려놓은 밥상 위의 음식들은 식어 있었다. 몇 번을 데웠던지 졸고 식은 된장찌개는 짰다. 어머니는 산에 간 두 부자가 달이 떠도 돌아오지 않자 걱정이 되어서 오래전에 마중을 나와 계셨던 것이다. 밥이 식은 시간만큼 어머니도 달빛에 젖어 아버지와 나를 기다리셨던 것이다. 땀에 젖은 옷을 입은 채 찬밥에 물을 말아 식은 된장국과 장아찌를 먹는 두 부자를 어머니는 안도의 눈빛으로 쳐다보셨다.

　그날 찬밥이 차려진 밥상에는 기다림이 배어 있었다. 짠 된장국이 달디달아 자꾸 찍어먹던 밤, 지붕 낮은 우리 집 마당에는 달빛이 곱게 내렸고, 세 식구가 앉아 있는 쪽마루에는 구절초 냄새와 더덕 향이 가득 차오르고 있었다.

─「찬밥과 어머니」(『눈물은 왜 짠가』, 이레, 2003)

　두 편의 인용문은 시와 산문이다. 차례대로 읽어보면 고개를 끄덕이게 만든다. 「달, 향수의 포석─약초 캐며 살던 시절을 추억함」에 녹아든 어릴 적 추억을 시인 스스로 회상하고 있는바 필자가 아무리 설명을 세세하게 해보았자 그만큼이나 하겠는가. 마치 시와 산문의 갈래적 특징을 옮겨 놓은 듯하다. 특히 자신의 작품에 대한 측면사적 의미와 더불어 작고 소소하지만 놓칠 수 없는 유년시절의 한 풍경을 함축적으로 그리고 진술적으로 담아내고 있기 때문이다.

「박수소리 1」과 이어지는 시적 모티프는 가난이다. 시인 스스로 자신을 일컬어 가난이 직업이라 했던가. 함민복의 초창기 시편에 두드러지는 특징 중 하나가 가난일 수밖에 없는 이유가 여기에 있다. 그러나 「달, 향수의 포석 – 약초 캐며 살던 시절을 추억함」은 가난하지만 따스하다. 아버지와의 추억이 있고, 「정읍사」의 이름 모를 여인이 사랑하는 그대가 '즌데를 디딜까' 염려했던 그 마음을 어머니에게서 볼 수 있기 때문이다. 또한 아버지가 들려주는 구전 설화, "원래 구절초는 구월 구일 구월산에서 아홉 살 난 동자를 데리고 가 뜯는 것을 최고로 쳤단다."는 소년 함민복의 동심을 키웠을 뿐만 아니라 지금의 문학적 상상력의 근간이 되었을 것이다.

가난의 증표였던 박수소리가 여전히 귓전을 울리고 있겠지만 구절초와 더덕 향이 향그러운 것은 고운 달빛과 세 식구가 함께 있다는 장소감 때문인지도 모른다. 그러나 가난은 그러한 감성보다 길고 더 질기다. 마치, '가난의 더덕밭'에 가난 열매가 더덕더덕 붙어있는 것과 같다. 그 열매를 따면 딸수록, 따서 먹으면 먹을수록 더 허기지는 것은 그 열매를 먹어본 자만이 알 수 있듯….

박수소리. 떠나간다. 달빛, 배꽃 사각사각 밟던 밤의 기억 두고. 개포동, 눅눅한 빨래처럼 보낸 공업고등학교 기숙사. 우리들이 연삭기로 깎은 쇠밥만큼 절삭될 수 있을까. 기름 밴 작업복을 입은 채 집단으로 식사를 하면, 멀건 된장국 얼굴. 액체의 거울, 내 고통을 한 숟가락씩 떠먹던 날들, (정신이여 육체를 그만 패러디하라. 육체여 정신을 풍자하지 마라.) 여름날의 선풍기처럼 부정의 고갯짓만 하고 있을 건가 바람 불면 바람 반대 방향의 뿌리가 힘을 주는 나무를 생각하라 밤비 내리면 가는 귀 점점 굵게 먹어가는 네 고향의 어미를 생각하라. 하지만 선생님 이곳은 너무나 깊은 늪이여요 향기가 없어 시들어버릴 수도 없는 조화 같은 몸뚱어리여요 세상은 너무나 불공평한 게 공평해요 죽 먹은 날 아침 도시락 없이 등교하던 걸음 속도를 생각하면 금팔찌는 허영의 수갑이여요 이놈, 각설하라. 너는 조국 근대화의 기수다. 공업국가의 견장이다. 불온한 생각을 소각하라. 그렇지만 대학 진학하는 친구가 우표처럼 부러워요. 한 달에 한 번씩 외출 나아가면 여고생들의 화사한 웃음에 빈혈 들어요. 발생 정지란 색깔의 공업고등학교 제복. 그래요, 학벌은 좋은 옷인가 봐요 사춘기가 바람에 펄렁이는 너하고는 카운셀링을 할 필요도 없다. 너는 패배자다. 기상, 점호, 구보, 내무 사열, 취침의 시조체 생활. 꿈만이라도 자유스러운 꿈을 꾸고 싶었다. 봄비에 깃털 적시며 알을 품고 있다가 새의 영혼은 몸집보다 커다란 날개라고 푸드득 날아오르던 고향의 강새, 가을하늘 아래서 꽁지를 땅에 묻고 알을 까며 죽어간 풀무치. 그러나 고름 같은 절삭유에 빠져 허덕이는 꿈을 꾸곤 했다. 그러한 날들이 흘러가고, 이제 졸업장 앞에 선 자여, 19세, 이 황량한 솟수의 나이에 패배자여. 언 땅 속 살아서 뛰고 있을 개구리의 작은 심장 2심방 1 심실, 희망을 간직하라고, 기능사 2급 자격증을 품고 떠나는 그대에게 후배들이 쳐주던 박수소리, 박수소리.

―「박수소리 2」 전문

라면 박스를 껴안은 채 슬로비디오로 쓰러졌던 시인의 유년. 「박수소리 1」이 중학교 시절을 중심으로 한 기억의 편린을 형상화한 반면 공고 시절의 풍경을 아프고 고통스럽게 고백하고 있는 작품이 「박수소리 2」이다. 유년의 기억이 구겨진 정신이나마 유리조각으로 박혀 옹알거렸던 그 박수 소리. 과연 구겨진 정신은 펴졌을까, 가난의 증표였던 박수 소리는 어떤 모습으로 벗어날 수 있을까.

「박수소리 2」에 형상화된 시인의 공고시절은 이전의 '박수소리'가 주었던 유년의 풍경을 고스란히 이어받지만 고통의 폭과 깊이는 심화된 시기이다. 물리적 가난에서 정신적 가난 혹은 황량함이 주는 무게이다. 일단 시에 집중해서 시인의 공고시절을 재편해 보자. 인용 시는 산문시이다. 산문시는 단락이 기준이다. 하나의 단락과 단락이 어떻게 연결고리를 형성하면서 시적 대상을 형상화하는가. 이러한 문학개론식 기초를 염두에 두고 시를 읽어보면 「박수소리 2」는 한 단락의 산문시이고 분량이 비교적 길다. 그러나 한 단락을 재편해보면 시간의 구성 방식이 두드러진다.

박수 소리가 들리며, 박수 소리를 들으며 시가 끝난다. 즉, 현재 시점이다. 소위 액자 구조를 띤 이러한 방식은 처음과 끝이 현재로 동일하지만 중간 부분이 과거를 회상하는 내용으로 형상화되어 있다. 현재 – 과거 – 현재의 액자 구조. 처음과 끝의 시적 진술은 현재의 시점이고 시적 화자의 육성이다. 중간에 해당하는 액자 내 시간은 과거로 공업고등학교 3년을 응축하고 있다.

공고를 졸업하는 식장에서 울리는 박수소리. 떠나가라고. 잘 가라고. 고생했다고. 그 박수소리에 겹쳐 울리는, 꿈 많고 감수성 예민한 고교시절 문학 소년의 애상곡. 그 노래의 가사엔 선생님과 나가 등장한다. 일종의 랩처럼 서로 교차하는 언어가 그 시절 그때를 아련하고 아리게 상기시킨다. 시적 화자가 무언가를 고백하듯 말하면 선생님은 그 말을 받아 훈화 말씀을 하신다. 그 담화 속에 함민복의 공고 3년이 녹아 스며 있다.

눅눅한 빨래처럼, 연삭기로 깎은 쇠밥을, 기름 밴 작업복을 입고 멀건 된장국처럼 뜬 얼굴을 떠먹던 그때. 나무의 뿌리를 생각하고 가는귀먹어 가는 엄마를 생각하며 버티라는 선생님. 그러나 생기 없는 조화 같은 나날을 어쩔 수 없었을 것이다. 조국 근대화의 기수이자 공업국가의 견장을 달 놈이 볼온한 생각을 하면 안 된다며 다그치는 선생님. 대학, 친구, 이성에 눈을 떠야 하지만 억지로 윽박지르며 감내해야 할 발생 정지 시절, 사춘기가 펄럭이는 패배자의 고름 같은 절삭유에 빠져 허덕이던 꿈. 그 꿈은 발생을 재가동하는 것이리라. 기능사 2급 자격증이란 희망 딱지를 받고 자신처럼 살아갈 후배들의 박수 소리를 들으며 교정을 나온다. 철없이 붉게 익어버린 씨 없는 수박의 태양을 향한 외사랑. "희망아, 이 창녀야"를 외치며….

> 정신과를 출입한 지 3년
> 올 때마다 옛친구들 많이 만나고
> 그들 병이 내 병을 더 깊게 하듯

내 병이 그들 병을 더 깊게 할지도 모르지
원자력 발전소에서 보낸 4년
지금도 원자력 발전소에서 보내고 있는 친구들
어머니도 만져보지 못한 뇌세포를
방사선이 스치고 지나간 것은 아닐까
친구들 중 정신과를 출입하는 친구들 많고
자살한 친구, 후배,
그러나 그렇게 생각하고 싶지 않네
실제 피폭도 받지만 매스컴의 방사능 피폭
친구들 이중으로 괴롭다고 믿네
친구들아 노래할 수 없구나 너희들이
정신적 압박 속에서 만드는 불빛
정전이 되면 더 밝게 떠오르는 너희들 모습
차마 부르고 싶은 노래 부를 수가 없구나.
—「우울氏의 一日 1」에서

판셈하고 고향 떠나던 날
마음 무거워 버스는 빨리 오지 않고
집으로 향하는 길만 자꾸 눈에서 흘러내려
두부처럼 마음 눌리고 있을 때
다가온 우편배달부 아저씨
또 무슨 빚 때문일까 턱, 숨막힌 날
다방으로 데려가 차 한 잔 시켜주고

우리가 하는 일에도 기쁘고 슬픈 일이 있다며

공업고등학교를 졸업하고 어린 나이에 또박또박
붙여오던 전신환 자네 부모만큼 고마웠다고
어딜 가든 무엇을 하든 열심히 살라고
손목 잡아주던
자전거처럼 깡마른 우편배달부 아저씨
낮달이 되어 쓸쓸하게 고향 떠나던 마음에
따뜻한 우표 한 장 붙여주던

－「우표」 전문

　「우울씨의 一日 1」에서 나타나듯, 학교에서 들려오던 박수소
리를 뒤로하고 간 곳은 경북 월성원자력발전소였다. 문우와 함
께 간 직장은 여러 가지 책을 사고 읽으며 문학적 정열을 불태
울 수 있었던 곳이었지만 신경쇠약을 얻게 만들었다. 국가 기능
사 2급 자격증을 지닌 조국 근대화의 기수는 '우울씨'가 되었다.
어머니도 만져보지 못한 '나'의 뇌세포를 방사능이 어루만지고,
자살한 친구와 후배만이 매스컴의 방사능 피폭으로부터 자유
로울 때 정전의 어둠 속에서 더 밝게 보인다. 그래서 부르고
싶은 노래, 차마 더 부를 수가 없었고 우울씨를 얻었다.
　시인은 운전원으로 컨트롤 룸의 지시에 따라 움직이는 현장
운전원으로 일했다. 일이 단순하기에 지겨웠다. 출근만 하면
머리가 지끈거렸다. 자신의 문학적 욕망과 현실의 괴리, 불투명
한 미래에 대한 불안감은 그 괴리를 좁히지 못하고 늘 한 치씩
벌어져만 가는 것 같았다. 「우표」에 나타난 '전신환'은 이런 와
중에 보내졌다. 지긋지긋한 일상이지만 고향으로 가는 유일한

출구였을지도 모른다.

우편배달부 아저씨는 "또 무슨 빚 때문일까 턱, 숨막힌 날" 고향을 떠나는 마음에 따뜻한 우표를 붙여주셨다. 판셈하고 고향을 떠나는 날. 판셈은 빚진 사람이 자기의 재산 전부를 돈을 빌려준 사람들에게 내놓아 자기들끼리 나누어 가지도록 하는 것이다. 그렇다면 무슨, 어떤 판셈일까. 발전소 시절 무기력했던 시인의 일상은 고향집에 보내는 한 달에 한 번의 전신환이 일종의 활력소가 될 수도 있었다. 그러나 직장 생활의 단조로움이나 무기력을 이길 수는 없었다. 그래서 4년 남짓 연명한 직장을 접는다. 이때 마음이 여러 가지로 복잡해진다.

공부를 더 하고 싶은 마음, 군대문제, 고향집의 빚. 고향에서 방위생활을 하면서 퇴직금으로 집안 빚을 털어버리니 무일푼이다. 이것이 '판셈'인 셈이다. 시인은 이 시기가 경제적으로 가장 힘든 시절이었다고 고백한다. 「우표」의 1연은 바로 이 시기를 모두 정산하고 서울로 떠나는 날이라 할 수 있다. 시인은 어느 지면에서 이 시기를 버티게 해준 동력으로 최승호의 『대설주의보』 중 한 편을 든다.

절망한 자들은 대담해지는 법이다 ─ 니체

도마뱀의 짧은 다리가
날개 돋친 도마뱀을 태어나게 한다
　　　　　　　　　　─ 최승호, 「인식의 힘」 전문

절창이다. 무슨 설명이 필요하랴. 함민복도 그랬을 것이다. 절망한 자들의 대담함은 도마뱀의 짧은 다리를 날개 돋치게 만드는 동력이기에 그러하다. 짧은 시가 주는 긴 여운과 무한한 상상력의 세계는 매혹적이다. 그래서일까. 함민복의 등단작 「성선설」이 「인식의 힘」만큼 짧고 긴 여운을 주는 이유가 여기서 시작되는 것일까. 그럴 수도 아닐 수도 있다. 그러나 이 시기 '판셈'으로 어쩔 수 없이 홀가분하게 된 시인의 내면을 유추하기에는 어려움이 없게 느껴진다. 한없이 짧게만 느껴졌던 시인의 다리는 이제 날개를 돋치려 한다. 그러하기에 '판셈'이 곧 바닥을 치는 셈이 아닐까. 그러나 그 바닥은 한동안이지만 길고도 가혹하다.

1
부엌칼로 손가락을 내리쳤다
잘린 손가락을 집어 아버지 얼굴을 그렸다
붉은 핏물이 눈물에 씻겨내리고
해골만 그려졌다
어머니가 내 손을 붙들었다
하얗게 눈이 내렸다

2
단지.
손에 손가락을 내리친 가난이 들려 있었다
가난은 시련이 아니라 분위기다

어머니가 삐그덕 문을 열었다
핏방울이 부엌에 뚝뚝 차올랐다
애고고,
어머니가 수건을 벗어 떨어진 손가락을 붙여주며
이웃으로 소리를 질렀다
흰 머리카락 위로 철렁 검댕이 그물이 쏟아졌다
　　　　　　　　　　　　　－「붉은 겨울, 1986」에서

　섬뜩하다. 부엌칼로 손가락을 내리친 사건이 진짜일 수도 있
다. 물론 시적 허구일 수도 있다. 일단 시적 전개에 맞춰 르포가
아닌 시로 읽어보자. 1과 2는 시간적 선후관계로 읽힌다. 1은
시적 화자 자신의 손가락을 부엌칼로 내리칠 만한 어떤 연유가
있음을 직접적으로 암시한다. 그렇다면 문면상 잘린 손가락을
집어 아버지를 그리기에 일차적으로 아버지와 연관된 무엇이
다. 핏물과 눈물이 교차한다. 그것은 애증이다. 손가락을 잘라
야 될 만큼의 증오는 끊을 수 없는 애정의 눈물을 쏟아 내 붉디
붉은 선홍색 유혈을 씻길 것이다. 강렬한 색채 대비는 붉은 피
와 하얀 눈이 어우러지며 애증의 면모를 부각시킨다.
　섬뜩하고 놀라운 장면은 2에 이르면 '단지'라는 시어를 통해
반전된다. 그러나 그 반전이 실제로 일어난 손가락 절단 사건을
허구로 드러내지는 않는다. 마치 사실과 허구 사이를 떠도는
듯하다. 그러나 이 작품의 핵심은 사실인지 허구인지가 아니다.
사실이든 허구이든 그 무엇이든 그것을 시적 장치로 사용하여
어떤 시적 형상화를 추구하였는가. 바로 그것이다. 이를 염두

에 두고 2로 내려오면, 1의 모든 것은 '가난'으로 초점 형상화된다. 부엌칼로 손가락을 내리친 연유도, 전통적 가부장제 한국 사회에서 아버지의 가난은 바로 집안 전체의 그것이기에, 아버지의 얼굴을 그렸지만 앙상한 해골을 그릴 수밖에 없었던 이유가 그리리라. 그러나 부자지간의 불협화음은 애와 증이 교차하는 것이지만 그 중재자는 늘상 어머니였다.

붉은 핏물과 눈물이 주룩주룩 흘러내릴 때, 떨어진 손가락을 부여잡고 붙여 주며 이웃으로 도움을 요청한 사람도 어머니이다. 흰 머리카락과 검댕이 그물이 또다시 명도 대비를 이루며 슬픔을 채색하고, 시련이 아닌 분위기라 애써 자조하는 가난의 풍경 속에서 1986년 붉은 겨울이 '판셈'을 위해 치닫고 있었을 것이다. 이런 와중에 "내가 배우지 못한 열등감"이나 "망치소리, 책가방, 공돌이, 여대생"(「나는 여대생의 가방과 카섹스를 즐겨보려 한 적이 있다」) 등의 시어는 그 하나하나의 무게감이 묵직하게 다가오며 「붉은 겨울, 1986」의 가난한 풍경을 덧칠하고 있다.

3. 그날 나는 슬픔도 배불렀다

함민복이 주문처럼 읽었던 시어, "절망한 자들은 대담해지는 법이다". 그래서일까. 더 이상 짧아질 수 없는 다리를 이끌고 '판셈'으로 바닥을 본 후 비상을 꿈꾸었을까. 아직은 터럭 하나도 돋지 않은 날개를 위하여. 생각해보면, "직업이 가난"이란 경구도 실상 이 시기를 통해 생성된 것이라 할 수 있을 듯하다. 그러나 저러나 시인은 상경한다. 홀로 된 어머니를 모시고. 늦은 대학, 87학번 서울예대 학생이 되어. '판셈'을 마친 고향을 등지고 떠나는 그 '맴'은 야릇했을 것이다. 홀가분함과 불확실성이 매 순간 교차하며, '어찌어찌되겠지'라는 낙관적 기대와 가고 싶었던 학교에 가는 늦깎이 대학생의 순정 등이 '눈 감으면 코 베 간다'는 서울 쪽으로 향한 길 위에 절망한 자를 이끌고 있었을 것이다.

> 고향집 떠날 때
> 이불 보따리에 챙겨온 왕겨베개
> 하나
> 베고 잠드신 어머니
>
> 누런 벼이삭 출렁이던 남의 들녘
> 땅 한 뙈기 없는 품팔이 가슴으로
> 풍요롭게 불어오던 서글픈 바람
> 그래도 꿈 속에서 만나 그립는지
>
> 서울 하고도 창고에 딸린 지하실 방
> 고달픈 생활의 일기 쓰듯, 잠꼬대에, 코고는 소리
> 아득하여라
> 아버지 무덤가로 합장하러 달려가는 치마소리
> 어머니의 세월이여
>
>   −「잠−어머니 3」 전문

함민복은 자신의 시선으로 서울 상경기를 형상화하지 않았다. 어머니의 눈으로 보는 서울의 삶. 고달픈 생활의 일기를 꼼꼼하게 적어가는 듯, 어머니는 잠꼬대도 하시며 코도 고신다. 그 소리를 시인은 꿈속에서나마 고향으로 달려가시는 어머니의 모습으로 그려낸다. 그러나 그조차도 풍요롭지만 서글픈 바람이 인다. 결국 시인의 눈으로 그려내는 서울의 생활이란 "…머지않아 영원히 지하생활자가 될/ 어머니를 3년 동안 전지훈련시켜 드렸습니다"(「지하생활 3주년에 즈음하여 – 어머니 2」)에서 나타나듯, 자신보다는 어머니의 서울 살아내기가 시적 형상화의 주된 세재로 보인다. 그 이유는 자못 분명하다. 누구나 그러하듯, 나(자신)는 상관없지만 가족(어머니)의 고통은 볼 수 없는 것이기 때문이다. 그러나 어머니와 더불어 자신의 서울 버티기 또한 이 시기 중요한 시적 모티프로 작용한다. 몇 편의 시를 인용해 보자.

> 오늘을 살아내기 위하여
> 창신동의 좁고 긴 방
> 머리와 다리를 남북으로 갈라놓아야
> 누울 수 있는 방
> 잠을 뒤척였다
> 남쪽을 먼저 알아야 북쪽을 알 수 있고
> 잔 방향을 추궁당하는 시대의 알레르기
> 동이나 서로 머리를 두고 꿈꿀 수 없는 방
>
> — 「방」에서

"등단주"

"시 판 놈"

"시 노점상 개업한 놈"

(중략)

어머니 시 마수한 돈으로 보청기 건전지 하나 못 사드린 제가
효자지요, 답답한 세상 이야기 속 시원히 들어 무엇하겠어요. 어
머니, 친척집 지하창고 생활을 치욕이라 생각 마세요. 더 이상
내려갈 곳도 없고 우린 민방위훈련처럼 안전하게 대피해 살고
있잖아요. 치욕은 요강에 있어요. 어머니의 힘없는 오줌소리, 술
술술술술—

　　　　　　　　　　　　　　　　　　　　　—「취객어록」에서

함민복의 서울살이는 인용 시에 모두 함축된 듯하다. 창신동
의 좁고 긴 방. 좁지만 길다. 길게 뻗은 방은 남과 북으로 향해
있고, 좁은 동과 서는 눕지 못할 정도로 협소하다. 방은 방房이
지만 방方이기도 하다. 동음이의어로 언어적 유희지만 서글프
다. "동이나 서로 머리를 두고 꿈꿀 수 없는 방"을 읽으며 남과
북으로만 누워야 하는 방을 상상한다. 그 방은 어떻게 누워 잤
는지를 추궁하고, 주어진 방의 질서 내에서만 자야 한다는 체재
내적 구조를 상기시킨다. 마치 남과 북 혹은 동과 서라는 방위
의 숨은 질서, 여기서는 이렇게만 해야 한다는 그것. 비약일까?
「취객어록」을 보면, 함민복은 시인이 되었다. 어엿한 시인.

그러나 어엿한 시인이건만 등단주, 시 판 놈, 시 노점상 개업한 놈 등을 보면 꼭 어엿한 것만은 아니다. 그는 공식적으로 시를 팔아 마수한 돈으로 어머니 건전지 하나 못 사드린 효자다. 친척집 지하창고, 민방위훈련 대피 장소, 더 이상 내려갈 곳이 없다는 현실은 '시인 함민복을 키운 건 팔할이 가난이다.'는 경구를 떠올리게 한다. 팔할이 가난일 때 그 가난의 모티프가 지닌 팔 할이 어머니이다. 어머니 보청기 건전지 하나 못 사드린 효자는 어머니의 힘 없는 오줌소리를 빗대어, 취해야 하고 취할 수밖에 없는 취객이 되어 그날의 어록을 술술술술술 쓴다. 서울의 삶이란 팍팍하다. 물론 돈 많은 사람은 그렇지 않다. 가난이 뭐이 그리 즐거우랴.

이웃집 하수구 비린내 쉽게 넘나들고
봄바람에 애기 기저귀 펄렁이던 그 집

다듬던 아욱 한움큼 집어주던 병든 주인집 할멈
움푹 패인 눈에서 서글픔 솟아나던 그 집

밤이면 바퀴벌레, 사각사각, 타이어표 검정고무신
귀에 대면, 쏴와 알 수 없는 소리, 고향 생각에 잠이 헛돌던
그 집

공중변소에 가 바지 까내리면 낮에도 모기가 엉덩이 물고
그래도 김이 모락모락 나는 이웃집 처녀 똥에 내 똥 몸섞던

그 집

새벽이면 불암산 약수터에서 산을 한초롱 짊어지고
안개 속에서 어머니 걸어나오시던 그 집

튼튼한 갈비뼈 좀 보라고 철골 세워지더니 아, 아파트
아파트족들이 쳐들어와요 아파카트 맞고 배山진친 그 집

지금 그 집은 헐어졌어도 내 가슴속으로 이사온 그 집
가끔 그 집 속으로 들어가 그 집을 생각하면 눈물겹고
　　　　　　　　　　　　－「상계동 시절－어머니 1」 전문

　시인은 어머니를 모시고 서울에 왔다. 상계동 산꼭대기 전세
방 50만 원짜리로. 시제에서 묻어나듯, 상계동 시절에 어머니라
는 부제가 붙는 이유가 뭘까 한참을 생각해 본다. 그건 그 시절
그때 어머니와 함께 살았던 '그 집' 자체가 어머니를 함축하기
때문일 것이다. 또한 상계동 산동네 사람들과 그들의 삶, 그리
고 그네들이 너나들이 하며 살아가는 공간과 장소가 엮어내는,
정겹게 풍기는 인간의 향기가 배여 있기 때문일 것이다. 그 시
절은 원하던 학교에 갔으니까 열공하고자 했던 시기로, 만학도
함민복은 열심히 공부했다. 우연이든 필연이든 그가 살고 있던
상계동은 재개발지구였다.
　재개발이란 곧 철거를 의미하기에 떠남을 전제로 가능한 것
이기도 하다. "지금 그 집은 헐어졌어도 내 가슴속으로 이사온

그 집/ 가끔 그 집 속으로 들어가 그 집을 생각하면 눈물"겨운 것은 그 집에 살았던 어머니와 이웃 사람들의 애환이 깃들어 있기 때문이다. 어느 날 학교 가는 길에 보았던 상계동 철거민 농성 시위 또한 그들이 살아가는 삶의 풍경이었고, 시인이 어머니와 함께 살았던 그 동네의 현주소였던 것이다. 이후로도 시인은 상계동뿐만 아니라 금호동, 청량리, 일산, 문산 등지의 산동네나 철거민 주거지를 전전하면서 시작을 이어간다.

아래층에서 물 틀면 단수가 되는
좁은 계단을 올라야 하는 전세방에서
만학을 하는 나의 등록금을 위해
사글세방으로 이사를 떠나는 형님네
달그락거리던 밥그릇들
베니어판으로 된 농짝을 리어카로 나르고
집안형편을 적나라하게 까보이던 이삿짐
가슴이 한참 덜컹거리고 이사가 끝났다
형은 시장 골목에서 자장면을 시켜주고
쉽게 정리된 살림살이를 정리하러 갔다
나는 전날 친구들과 깡소주를 마신 대가로
냉수 한 대접으로 조갈증을 풀면서
자장면을 앞에 놓고
이상한 중국집 젊은 부부를 보았다
바쁜 점심시간 맞춰 잠자주는 아기를 고마워하며
젊은 부부는 밀가루, 그 연약한 반죽으로

튼튼한 미래를 꿈꾸듯 명랑하게 전화를 받고
서둘러 배달을 나아갔다
나는 그 모습이 눈물처럼 아름다워
물배가 부른데도 자장면을 남기기 미안하여
마지막 면발까지 다 먹고 나니
더부룩하게 배가 불렀다, 살아간다는 게

그날 나는 분명 슬픔도 배불렀다
ㅡ「그날 나는 슬픔도 배불렀다」 전문

누군가가 또 이사를 가는가 보다. 그는 함민복의 형인가 보다. 예전부터 그랬다. 그가 시인의 집안에 장남일지 아닐지는 모른다. 그러나 시의 흐름으로 보아 맏이일 듯하다. 무엇이 예전부터 그랬을까. 맏이 의식이다. 큰형, 큰누나. 그들은 모두 그러했다. 우리 시대에도 우리 아버지 시대에도. 자신의 삶은 그리 중요하지 않은 듯 가족을 위해 그리고 줄줄이 커가는 동생들을 위해. 함민복의 형은 우리네 삶의 지표가 그러하듯, 전세방에서 사글셋방으로 이사를 간다. 그런데 그 연유가 만학도 동생 때문이란다. 그 형님의 속마음은 어떨까. 그리고 형수님은. 그럼에도 불구하고 시적 화자인 동생은 전날 친구들과 '깡소주'를 들이부었단다.

두엄자리 같은 숙취를 안고 타들어 가는 속을 달래기 위해 냉수 한 대접으로 조갈증을 풀고 이내 도착한 형님네 이사집. 달그락거리는 밥그릇들과 베니어판으로 된 농짝을 리어카로 날랐다. 정말로 집안의 형편이 적나라하게 드러난다. 살림살이가 조촐하기에 쉽게 정리될 것이고, 리어카로 나를 정도니 그 근처 가까운 어느 사글셋방으로 갔을 것이다. 시에서는 이사를 가야만 하는 형님의 마음은 극도로 절제되어 있다. 다만, 궁핍한 세간들의 주인이라는 점과 이사가 끝나자 짜장면을 시켜 주고 떠날 뿐이다. 여기까지가 시의 전반부에 해당한다.

필자가 주목하는 것은 여기이다. 짜장면을 먹으며 시적 화자가 느낀 중국집 젊은 부부의 삶이 눈물겹게 아름다운 이유는 형님의 삶과 겹쳐지기 때문이고, 자신 때문에 이사를 가야만 하고 그렇게밖에 살아야 하는 현실이기 때문이다. 그러나 자신의 가난을 비관하거나 증오하지 않는다. 오히려 젊은 중국집 부부의 삶을 형님의 그것으로 함축하면서 배부른 슬픔의 풍경을 채색한다. 그 풍경의 스케치엔 항상 유머와 위트 그리고 진실의 가면이 씌어 있다.

> 프로 가난자인 거지 앞에서
> 나의 가난을 자랑하기엔
> 나의 가난이 너무 가난하지만
> 신문지를 쫙 펼쳐놓고
> 더 많은 국물을 위해 소금을 풀어
> 라면을 먹는 아침
> 반찬이 노란 단무지 하나인 것 같지만
> 나의 식탁은 풍성하다
> 두루치기 일색인 정치면의 양념으로

팔팔 끓인 스포츠면 찌개에
밑반찬으로
씀바귀 맛 나는 상계동 철거 주민들의
눈물로 즉석 동치미를 담그면
매운 고추가 동동 뜬다 거기다가
똥누고 나니까 날아갈 것 같다는
변비약 아락실 아침 광고하는 여자의
젓가락처럼 쫙 벌린 허벅지를
자린고비로 쳐다보기까지 하면
나의 반찬은 너무 풍성해
신문지를 깔고 라면을 먹는 아침이면
매일 상다리가 부러진다.

─「라면을 먹는 아침」 전문

　프로 거지 앞에서 나의 가난을 자랑하기엔 나의 가난이 너무 가난하단다. 고로, 시인은 거지보다는 낫다는 말씀이고 그것은 아침에 라면이나마 끼니를 이을 수 있다는 자부심이기도 할 것이다. 멋쩍은 웃음을 생성시키는 그의 가난은 신문지를 식탁 삼아 라면을 먹을 때 상다리가 부러진다. 노란 단무지 하나로 풍성한 식단을 만들기 위해서는 정치면, 스포츠면, 광고면이 필요하다. 두루치기와 찌개 그리고 동치미, 자린고비까지. 이쯤 되면 정말로 없는 상다리가 부러질 정도이다. 그러나 이 시가 지닌 미덕은 진실의 가면이다.
　어떤 무엇을 숨기려 했을까. 그것은 가난일 것이다. 경쾌하게 훑어가는 시의 전개는 반찬으로 먹을 것이 단무지밖에 없는 신문지 밥상을 은폐시키고, 화려한 수사로 일그러진 당대 지면의 풍성한 반찬거리는 상다리가 절대 부러지지 않는 '매일' 매일 한 끼니 끼니가 모두 라면임을 숨겨버린다. 결국 이 시는 그날 슬픔도 배불리 먹을 수 있었던 것처럼 그 지긋지긋한 가난을 위트로 치환시켜 가난의 슬픔을 호도해 버리는 것이다. 매일 상다리가 부러지듯.

4. 위험한 수업

시인 함민복의 시집 전체를 관통하는 몇 개의 핵심어 중 단연 으뜸은 '어머니'이다. 어머니는 초기 시부터 다섯 번째 시집에 이르기까지 일관적으로 나타나는 모티프이다. 어머니를 떠올리면 운명처럼 가난이 덕지덕지 따라 붙는다. 도시, 자본주의, 근대, 근대성 등등은 어머니와 고향 그리고 가난의 대척점에 서 있지만 상호 길항작용을 이끌어 내며 상생하는 듯도 하다. 일관되게 형상화되는 어머니라는 모티프는 함민복 시 전체를 아우르는 동력일 것이다. 이제 그 편력을 좇아가며 불효자, 불효녀가 흘리는 눈물이 왜 짠가를.

> 아래층 산부인과 병동의 갓난아기 울음소리
> 척추 다친 어머니 화장실 가실 때
> 포도당 높이 쳐들고 링거 줄 신경쓰며
> 뒤따른다 소를 몰고 가듯

지순한 소가 서툰 일꾼의 쟁기질을 이끌 듯
이상한 고삐 링거 줄은
나를 이끌고 가는 힘이 있다
죽은 아버지는 무엇인가
어떻게 죽어서도 고향으로 나를 부르고
명절 고향가지 않은 나를 죄스럽게 만드는가
어릴 적 생각이 살던 곳 고향
문 안에서 소변 소리 안 들려주시려고
줄 당기고 내 그 길 나선지
삽십여 년 그곳 어디 폐가처럼 애기집이
어머니 가는 귀먹어 부엌문 여는 것도 모르고
놋세숫대야 내 커서야 안 뒷물
얼마나 당혹스러우셨을까 마음도 여린 분이
어쩌다가 종합병원처럼
한쪽 귀먹고 한쪽 눈멀어 척추까지 다쳐
맹모처럼 나를 깨우친다 육체의 설법
어머니 고통만큼 나는 어머니가 되고
당신 눈동자 파먹으며 살아온 세월
당신 귀 때려막으며 살아온 세월
당신 척추 시큰 매달려 살아온 세월
당신 더 뜯어먹고 싶어 당신 살리고 싶은 밤
당신 죽으면 당신 속의 내가 죽고
외롭게 내 속의 당신만 살아
물 소리 문이 열리고

-「위험한 수업」 전문

일단 시 전문을 인용해 본다. 막막함이 밀려온다. 필자가 막막함이 드는 이유는 왜일까. 「위험한 수업」을 읽고 구체적으로 분석하기 전에 밀려드는 막막함. 역시나 지금도 마찬가지다. 그렇다면 그 막막함을 풀어가는 과정이 시인과 텍스트 그리고 독자가 소통하는 통로일 것이다. "시인 ⇒ 텍스트 ⇒ 독자"라는 고전적 의미의 소통 모델은 이미 폐기 선언한 듯하다. 이젠 "시인 ⇒ 텍스트 ↔ 독자"로 굳어진 모델은 다변화, 다층화, 사이버문학 등의 다층위 현상에 따라 그 통로 또한 변화를 거듭하고 있다. 그러기에 필자는 텍스트와 독자 사이에서 시인을 읽어내려 하는 작업이 그 변화의 한 모퉁이라 믿고 싶다. 이제 시작해 보자.

「위험한 수업」을 읽는 방식은 독자의 수만큼 가능하다. 먼저, 작품 속의 시간에 집중해 보자. 작품 속 배경은 병원이다. 어머니께서 아프시다. 아들로 보이는 시적 화자는 늘상 환자 옆에서 간호하는 게 아닌 듯하다. 입원 소식을 듣고 황망히 달려 왔을 것이다. 척추 다친 어머니께서 화장실을 가고 싶다 하신다. 걷기가 불편하실 것이다. 입원실에서 병원 각 층마다 놓여있는 화장실까지, 아들은 포도당 높이 쳐들고 링거 줄 신경 쓰며 어머니 뒤를 졸졸 뒤따른다. 어머니는 지순한 소가 농사일에 서툰 아들의 쟁기질을 이끌듯 빠르지는 않지만 발걸음이 곧다. 이내 다다른 화장실 안, 소변을 다 보신 듯, 물 소리 화장실 문이 열리며 작품이 끝난다.

이러한 작품 내 등장인물의 행동은 시간의 순서에 의거하여 나타난다. 시간은 크게 두 개의 맥락이 있다. 현실적인 시간과 문학적인 시간이 그것이다. 현실적 시간이란 독자가 이 시를 읽는 물리적 시간, 즉, 1분 남짓한 낭독의 시간이거나, 작중 두 인물이 화장실에 가서 볼 일이 끝날 때까지를 가늠하는 5분 정도의 시간이다. 그것은 모두 물리적이고 기계적인 시간을 의미하는 시계시간이다. 그러나 시를 정확하게 이해하기 위해서는 시계시간보다는 문학적 시간이 더 중요하다. 「위험한 수업」에 흐른 문학적 시간은 어림잡아 30년 이상이다. 고향을 떠난 지 30여 년이라 했으니 그러하다. 참으로 많은 추억의 시간이 짧은 시 한 편의 서정에 압축되어 있다.

시간의 흐름은 압축되고 정제되어 있지만 현재와 더불어 뒤죽박죽이다. 어머니와 함께 걷는 화장실 가는 길. 그 짧은 길의 도처에 번득이는 추억들. 환자이신 어머니는 나를 이끌고 가는 힘이 있다. 그 힘의 언저리에 적층되어 있는 과거의 시간들. 이러한 시간은 시어의 운용 질서인 도치법에 의거하여 전략적으로 배치되어 효과적으로 나타난다. 시를 낭독하다 보면 자연스레 알 수 있듯, 이 시는 평서문으로 이루어져 있지 않다. 평서문이 주어, 목적어, 술어 등의 어순을 이루고 있지만 도치문은 문장의 어순을 뒤섞어 놓는다. 그래서 낭독이 어렵다. 익숙하지 않기 때문이다. 이러한 도치문의 구성과 시간의 뒤섞임은 일정한 연관성을 지니고 있다. 물론 글쓰기의 상식에 속하는 '강조'다. 그렇다면 무엇을 강조하기 위해 쓰인 수사일까. 여기서 이 글을 읽는 독자들은 다시 한 번 시를 정독해 보길 부탁드린다.

왜냐하면, 시를 설명하느라 많은 분량의 지면을 이미 소비했으므로 작품의 내용이 흐려질까 하는 의구심 때문이다. 잠시 쉬며 이전 페이지로 가서 다시 한 번 「위험한 수업」을 읽자.

......

읽으셨나요? 다시 이야기를 이어 봅시다. 바로 위에 말한 내용을 연결지어 보면, 시인은 왜 어렵게 시어를 도치시켜 어렵게 읽게 만드는가, 혹은 현재와 과거를 뒤죽박죽으로 엮어 독자를 혼란시키는가 등등의 질문을 상기해 보자. 그러한 질문에 대한 답은 바로 제목에 있다. '위험한 수업'. 수업이다. 교양문학 강좌 수업에서 이 작품을 낭독하고 말문을 열기 위해 사용한 방식이었다. "이 강좌, 내 수업이 재미는 없을지도 몰라도 목숨이 달린 위험한 수업은 아니지요??!!" 이 질문이다. 그러면 대다수의 학생들은 긴장을 풀고 교수자의 다음 설명을 기다린다. 독자 여러분에게도 이 질문을 드린다면 여러분은 무슨 답을 떠올릴까요. 각설하고, 시 작품으로 돌아가 봅시다.

「위험한 수업」의 핵심이자 정곡은 어떤 수업이고 그 수업이 왜 위험한 것인가이다. 위에서 지루하게 서술한 내용은 모두 이러한 질문에 답을 구하는 과정이었을 뿐이다. 시상의 전개과정 역시 그 과정을 충실하게 따르고 있다. 그렇다면 어떤 수업일까, 그리고 왜 위험한 것일까. 그 질문의 한가운데에 어머니가 있다. 시 전개의 중간 중간에 뒤섞인 회상 부분은 현재의 어머니를 진술하는 시적 장치일 뿐이다. 시 작품에 드리운 30여 년의 문학적 시간은 단 5분도 채 되지 않는 현실적 시간을 위해 존재하는 것이다. 5분은 어머니가 화장실을 가고 그 안에서 소변을 보신 후 물소리가 들리는 짧은 시간이다. 그 시간 동안 시적 화자는 어머니의 몸 상태를 묘사하면서 과거와 현재를 넘나든다. 시는 어머니의 소변보는 소리와 화장실의 문 여는 소리를 끝으로 끝나지만 그 소리들은 끝없이 끝없이 미래로 확장된다. 위험한 수업이 계속되기 때문이다.

그 수업은 어머니의 육체를 담보로 이루어지는 것이다. '종합병원'처럼 아픈 어머니의 육신. 한쪽 귀먹고 한쪽 눈멀더니 이젠 척추까지 다친 종합병원체이다. 그 육신으로 '맹모처럼 나를 깨우친다 육체의 설법'. 만신창이가 된 어머니의 육신은 다 큰 아들에게 길조심하고 차조심하라고 구태여 말씀하지 않는다. 그녀의 육신은 그 존재 자체로서 설법하는 것이다. 한쪽 눈먼 어머니 눈동자 파먹으며 살았고, 한쪽 귀먹은 어머니 귀 때려막으며 살았고, 이젠 척추까지 다친 어머니 허리 매달려 살아왔다는 깨우침…. 공명한다. 시적 화자의 내면에 그리고 필자의 마음에.

> 당신 더 뜯어먹고 싶어 당신 살리고 싶은 밤
> 당신 죽으면 당신 속의 내가 죽고
> 외롭게 내 속의 당신만 살아
>
> ……

지금 이 글을 써내려 가기가 힘들다. 여러분도 그러리라. 필자가 불효자인 까닭이고 잠시나마 시적 화자의 어머니와 우리 어머니가 겹쳐졌기 때문이다. 함민복의 시편 중 어머니 모티프가 사용된 작품이 대개 이러하다. 전라도 사투리로 '되다'. 이러한 위험한 수업은 지금도 계속되고 있으리라. 시인의 어머니처럼 우리네 모든 어머니를 둔 우리들의 모습처럼. 「위험한 수업」에서 받은 위험한 설법에 따른 깨우침은 시인의 시편을 관통하며 첫 번째 시집부터 다섯째 시집까지 면면히 흐른다.

어머니 칠십평생 쭈그려 앉아
긴 이랑
밭을 매시네
오리걸음이 따로없네
　　　　　－「사랑 혹은 죄인이 따로 있는 벌」 전문

달빛
내
리
고
장독대
정
안
수
한 사발

어

머

니

아, 저것이 美信이다

−「七夕」 전문

　'사랑 혹은 죄인이 따로 있는 벌'이란 무엇일까. 시 제목이 시 내용을 압도하는 형국이다. 어머니가 칠십 평생을 살아오는 동안 긴 이랑과 밭을 매셨다면 그것은 오리걸음이 따로없는 삶이 었다. 오리걸음이 의미하는 바가 너무도 명확하기에 그러하다. 그렇기 때문에 사랑 혹은 죄인이 따로 있는 벌을 서고 계신 것이다. 긴 이랑과 밭을 맬 때 자식을 향한 사랑의 맥락을 짚을 수 있다면 그 어머니의 삶 자체가 오리걸음이기에 죄인으로 연결되는 것이다. 따라서 사랑이거나 죄인, 혹은 사랑과 죄인이 한몸인 어머니일 것이다.

　「七夕」에서 이어지는 '美信'은 바로 사랑과 죄인을 읽어낸 시적 화자의 정서이다. 미신이라…, 미신은 美神도 未信도 迷信도 아닌 美信이다. 일반적으로 통용되는 미신은 迷信으로, 종교적으로 보편성을 지니지 못하며 일반인들 사이에서 헛되고 바르지 못하다고 인정되는 믿음이나 신앙이거나 과학적이고 합리적인 근거가 없는 것을 맹목적으로 믿음을 사전적 의미로 사용하는 단어이다. 그러나 시인은 달빛 내리는 장독대 위 정안수 한 사발 앞에서 두 손을 모으고 무언가를 위해 염원하고 계시는 어머니와 그녀의 간절한 기도를 '美信'이라 형상화한다. '아름다운 믿음'이다. '아'라는 감탄사가 절로 배여 나온다. 전화를 걸어 어머니의 안부를 묻는 전화에서도 어머니께서는 "소 귀에 경을 읽어주시네/ 내 슬픔이 맑게 깨어나네"(「어머니가 나를 깨어나게 한다」)로 깨우쳐 주신다. 위험한 수업은 여전히 진행형이다. 함민복의 전 작품을 관통하며 모든 시기를 걸쳐 있고 앞으로도 그러할 것이기 때문이다.

　　지난 여름이었습니다 가세가 기울어 갈 곳이 없어진 어머니를 고향 이모님 댁에 모셔다 드릴 때의 일입니다 어머니는 차시간도 있고 하니까 요기를 하고 가자시며 고깃국을 먹으러 가자고 하셨습니다 어머니는 한평생 중이염을 앓아 고기만 드시면 귀에서 고름이 나오곤 했습니다 그런 어머기 나를 위해 고깃국을 먹으러 가자고 하시는 마음을 읽자 어머니 이마의 주름살이 더 깊게 보였습니다 설렁탕집에 들어가 물수건으로 이마에 흐르는 땀을 닦았습니다.
　　"더울 때일수록 고기를 먹어야 더위를 안 먹는다. 고기를 먹어야 하는데…… 고깃국물이라도 되게 먹어둬라"
　　설렁탕에 다대기를 풀어 한 댓숟가락 국물을 떠먹었을 때였습니다 어머니가 주인 아저씨를 불렀습니다 주인 아저씨는 뭐 잘못된 게 있나 싶었던지 고개를 앞으로 빼고 의아해하며 다가왔습니다 어머니는 설렁탕에 소금을 너무 많이 풀어 짜서 그런다며 국물을 더 달라고 했습니다 주인 아저씨는 흔쾌히 국물을 더 갖다주었습니다 어머니는 주인 아저씨가 안 보고 있다 싶어지자 내

투가리에 국물을 부어주셨습니다 나는 당황하여 주인 아저씨를 흘금거리며 국물을 더 받았습니다 주인 아저씨는 넌지시 우리 모자의 행동을 보고 애써 시선을 외면해주는 게 역력했습니다 나는 그만 국물을 따르시라고 내 투가리로 어머니 투가리를 툭, 부딪쳤습니다 순간 투가리가 부딪치며 내는 소리가 왜 그렇게 서럽게 들리던지 나는 울컥 치받치는 감정을 억제하려고 설렁탕에 만 밥과 깍두기를 마구 씹어댔습니다 그러자 주인 아저씨는 우리 모자가 미안한 마음 안 느끼게 조심 다가와 성냥갑만 한 깍두기 한 접시를 놓고 돌아서는 거였습니다 일순, 나는 참고 있던 눈물을 찔끔 흘리고 말았습니다 나는 얼른 이마에 흐른 땀을 훔쳐내려 눈물을 땀인 양 만들어놓고 나서, 아주 천천히 물수건으로 눈동자에서 난 땀을 씻어냈습니다. 그러면서 속으로 중얼거렸습니다

눈물은 왜 짠가

－「눈물은 왜 짠가」 전문

갑갑하다. 먹먹하다. 그리고 쓸쓸하다, 이 시를 읽으면. 수십 수백 번을 읽었다. 실제로 필자는 어떤 수업이든 먼저 시작품 한 편을 학생들에게 낭송하고 출석을 부른다. 언제였던가. 이 작품을 찬찬히 읽어내려 가면서 먹먹해짐을 어쩔 수 없었던 때가 있었다. 한 학기에 두세 번을 읽었다. 다른 강의 시간마다 읽고 또 읽었지만 그때마다 먹먹해짐을 피할 수 없었다. 잠시 쉬어야겠다. 지금도 그렇다.

…….

　이제 다시 시작해 보자. 함민복 시인의 작품 중 대중에게 격하게 어필하는 시편은 대개 어머니 모티프를 시적 형상화로 주로 사용하는 시이다. 시인의 전체 시편을 통독하고 정독하면서 시적 주제나 대상의 거의 반 가까이 어머니 혹은 그녀와 관련된 가족사에 해당한다는 사실을 알 수 있다. '눈물은 왜 짠가'. 여러분에게 묻노니, 여러분, 눈물은 왜 짤까요? 이 질문은 「눈물은 왜 짠가」를 읽기 전엔 '미친놈'이거나 '참 할 일 없는 사람'이란 답변이 돌아올 듯하다. 그러나 이 작품을 읽고 난 후엔 상황이 달라진다. 일단 갑갑하고 먹먹해진다. 그냥 막연하나마 또렷하게, 지금 현재 바로 이 순간, 자신의 어머니를 떠올릴 수밖에 없기 때문이다.

　「눈물은 왜 짠가」에 대한 이야기는 긴 설명을 필요로 하지 않는다. 누구나 공감하는 강도가 비슷하거나 동일한 감각을 느꼈기 때문일 것이다. 그 중심에 어머니가 있고 그녀에게 쓸쓸함과 외로움을 만든 '나'가 있기 때문일 것이다. 이러한 현상은 함민복 시인이 의도했던 안 했던 중요하지 않다. 나와 '당신' 그리고 '우리'가 공유하는 공통의 감각을 소유했기 때문일 것이다. 이 작품은 대중매체에 많이 알려져 낭독과 더불어 그림과 동영상 등이 생성되어 사이버 상에서 무한 복제되어 누군가에게 혹은 불특정 다수에게 전달되어 감동을 실어 나르고 있다.

　다시 물어보자. 눈물은 왜 짠가. 이 질문에 대한 답은 사람마다 다를 것이다. 그게 맞다. 또한 그래야 한다. 그러나 공통된 정서가 있다. 눈물은 눈 속의 눈물샘에서 생성된 소금 성분 때문에 짠 게 아니라 삼복 더위 속 애틋한 모자의 행동 때문에 그런 것이다. 성냥갑만 한 깍두기를 놓으며 미안한 마음이 들지 않게 했던 주인 아저씨의 조력 또한 모자의 터미널 풍경을 감성적으로 덧칠한다.

일순, 나는 참고 있던 눈물을 찔끔 흘리고 말았습니다 나는 얼른 이마에 흐른 땀을 훔쳐내려 눈물을 땀인 양 만들어놓고 나서, 아주 천천히 물수건으로 눈동자에서 난 땀을 씻어냈습니다. 그러면서 속으로 중얼거렸습니다

시적 화자는 중얼거렸다. 눈물은 왜 짠가라고. 자기 자신에게 묻고 대답하는 '자문자답'. 그러나 시적 화자는 자신에게 눈물은 왜 짠가라고 묻지만 대답을 하지는 않는다. 속으로 중얼거리면서 작품이 끝난다. 그러나 독자는 그 지점부터 공명한다. 눈물이 짠 것은 어머니의 사랑이 있기에 그러하다는 답을 말하기에 그리 많은 시간이 필요치 않다. 눈물은 왜 짠가라는 짧은 질문에 긴 여운을 형성할 수밖에 없는 다른 시편들이 주렁주렁 달려 있다. 읽어 보자. 더 이상 무슨 설명이 필요할까….

어머니 가슴에 못을 박을 수 없다네

어머니 가슴에서 못을 뽑을 수도 없다네

지지리 못나게 살아온 세월로도

어머니 가슴에 못을 박을 수도 없다네

어머니 가슴 저리 깊고 푸르러

─「가을 하늘」 전문

어머니를 다려 먹었습니다

맛이 없었습니다

─「섣달 그믐」 전문

5. 당신 생각을 켜놓은 채 잠이 들었습니다

앞의 시편 중 「박수소리 1」을 다시 떠올려 보자. 중학교 시절, 코흘리개 시절을…. 그리곤 「박수소리 2」에 나타난 공고 시절로 옮겨보자. 앞서 이미 우리는 시를 읽고 여러 가지를 공감할 수 있었다. 다시금 그 이야기를 하는 이유는 시인의 삶을 시를 통해 재구성하는데 무언가 허전하다는 느낌 때문이다. 조국 근대화의 기수이자 공업 국가의 견장을 매단 채 19세를 보내야 했던 그 청년이다. 그는 대학 진학하는 친구가 우표처럼 부러웠고, 한 달에 한 번씩 외출 나가면 여고생들의 화사한 웃음에 빈혈이 들었던 사춘기 소년이었다. 아무리 뭐가 찢어지게 가난해도, 말 못할 척박한 가족사가 내면을 잠식해도 소년은 소년이기 때문이다.

공업고등학교를 졸업하고 울산 근처에서 일터에 다니고 있을 때였지 서울에 올라간 날, 그날은 운수 좋은 날이었어 창 밖엔 무드 있게 비가 내리고 어느 여대 앞 정거장에서 그녀의 가방이 올라탄 거야 나는 빗방울의 애무에 축축히 젖은 그녀의 가방을 내 성기 위에 올려놓았어 그녀는 고맙다는 말 대신 씨익 웃었어 환장하게 예쁜 여자였지 차체가 흔들릴 때마다 그녀의 귓불에선 참외씨만한 보석이 반짝이고, 그래 나는 그녀의 성감대는 책가방일 거라고 생각했어 생각해봐 학생들의 성감대가 책가방이란 내 말이 틀렸는지, 몰라 내가 배우지 못한 열등감, 하여간 그녀의 가방을 상위 체위로 카섹스를 시작했어 성욕의 나무가 서서히, 은밀히, 힘있게 자라 올랐어 나는 그 시간이 오래되길, 평생 기억될 수 있는 황홀한 섹스가 되길 바랬어 그런데 성욕의 나무가 그녀의 가방을 뚫고 여름을 지나 가을까지 가, 젊은 여자의 유방처럼 탄력 있는 열매를 주렁주렁 맺고 있을 때 갑자기 공사 현장의 망치소리가 들려왔어 그 망치소리가 자꾸 성욕의 나무 밑둥치를 치는 거야 어느새 밤송이가 된 열매가 우수수, 올라가지 못할 나무 쳐다도 보지 말라고 내 성기 위에 떨어지는 거야 나는 마님을 겁탈하다 들킨 하인의 심정이 되고, 이상했어 망치 소리에 내 성기가 그렇게 힘없이 죽을 줄이야 망치소리, 책가방, 공돌이, 여대생, 그녀의 책가방이 점점 무겁게 느껴졌어 맷돌짝에라도 눌린 듯 빈대떡처럼 납짝해진 성욕이 압사의 신음을 토했어 오르가즘까지 생각했던 내 성욕은 더럭 겁을 먹었어 그녀의 가방이 작두날이 되어 숭덩숭덩 내 성기를 자를지도 모른다는 생각이 들었어

견딜 수 없었어 다음 정거장에서 폭행하다 만 그녀의 가방을 내
팽개치듯 의자에 내려놓고 버스에서 내리고 말았어 비가 내리고
있었어 운수 좋은 날처럼, 구질구질한
    －「나는 여대생의 가방과 카섹스를 즐겨보려 한 적이 있다」 전문

  인용 시는 시를 읽는 독자에게 은밀한 자신의 이야기를 건네
주는 구어투 작품이다. 그래서인지 더 내밀하게 빠져든다. 공
공연하게 떠벌릴 수 없는 이야기. 친한 인간적 거리가 있어야만
가능한 담소이기 때문이리라. 필자가 이 작품을 통해 읽어내고
싶은 것은 이성애이다. 배우지 못한 열등감, 여대생, 여대생의
가방 그리고 공돌이가 엮어내는 서사는 구질구질한 운수 좋은
날이었다. 비가 구질구질하게 내리는 날, 아침부터 마수걸이를
멋지게 해낸 인력거꾼 '김첨지'의 운수는 무드 있게 비가 내리
던 어느 여대 앞 정거장 '공돌이'의 행운으로 겹친다. 여러 가지
의 성적 은유가 에로티시즘의 빗발에 날린다.

성욕의 나무에 올라가 목을 맸네
성욕의 나뭇가지 부러지고

성기를 잘라 그녀의 품에 던졌네
잘린 성기 펄쩍 튀어 그녀의 입을 틀어막고

성욕의 나무에 올라가 목을 맸네
성욕의 나뭇가지 부러지고
    －「우울氏의 一日 11」 전문

두 시의 공통된 감각은 성욕의 나무다. 성욕과 나무는 직립성과 위로 솟구치는 유비관계의 유사성을 지닌다. 나무가 태양과 조금이라도 가까워지기 위한 혼신의 힘은 중력을 거스르는 솟구침이듯 남성의 성적인 욕구 또한 그렇다. 여대 앞 정거장에서 올라탄 그녀의 가방과 즐기는 카섹스는 은밀하고 힘있게 성욕의 나무를 솟구치게 한다. 그러나 갑자기 들린 공사장 현장에서 들리기 시작하는 망치 소리는 버스가 아무리 달려도 멈추지 않고 들린다. 성욕의 나무에 올라가 목을 매고자 하였으나 그 성욕의 나뭇가지가 부러진 것이다.

결국 부러진 성욕의 나뭇가지에 걸려 애처로이 자신을 바라보는, 폭행하다 만 그녀의 가방을 내팽개치듯 버스에서 내린다. 올라가지 못할 나무 쳐다도 보지 말라고, 언감생심 기름밥 먹는 공돌이가 그 어여쁜 여대생을⋯. 오늘은 나가지 말라던 마누라의 초췌한 눈빛을 기억하는, 억세게도 운수 좋은 김 첨지 앞에 이미 시체로 변한 마누라의 젖꼭지를 빨고 있는 개똥이만이 아버지를 기다린다. 망치 소리에 현실을 직시한 공돌이는 성욕의 나무에 더 이상 오르지 못하고 구질구질하게 비 오는 날을 슬프게 채색하며 하강한다. 그러나 그날 운수 좋은 날은 새털만큼 많은 날의 하루일 뿐이다. 김 첨지가 개똥이를 안고 동냥젖을 물리더라도 살아가야 하듯이 청년의 무수한 하루는 그리 지나가고야 말 것이기 때문이다.

　　내 살고 있는 곳에 공터가 있어

비가 오고, 토마토가 왔다 가고
서리가 오고, 고등어가 왔다 가고
눈이 오고, 번개탄이 왔다 가고
꽃소식이 오고, 물미역이 왔다 가고

당신이 살고 있는 내 마음에도 공터가 있어

당신 눈동자가 되어 바라보던 서해바다가 출렁이고
당신에게 이름 일러주던 명아주, 개여뀌, 가막사리, 들풀이 푸
르고
수목원, 도봉산이 간간이 마음에 단풍들어
아직은 만선된 당신 그리움에 그래도 살 만하니

세월아 지금 이 공터의 마음 헐지 말아다오
　　　　　　　　　　　　　　　　　−「공터의 마음」 전문

　공터는 두 가지다. 하나는 물리적 장소이고 또 하나는 심리적
공간이다. 내가 살고 있는 물리적 장소의 공터엔 사계절의 변화
가 고스란히 다녀가는 곳이다. 두 발을 디디며 살아가는 그곳엔
또 다른 공터가 있으니 당신이 살고 있는 내 마음이다. 내 마음
의 공터엔 당신이 있다. 그 공터는 당신이 모르던 꽃과 풀이름
을 일러주었던 곳이고 수목원이나 도봉산에 함께 가고픈 마음
이 울긋불긋 단풍든, 당신을 향한 그리움으로 만선이 된 공간이
다. 그 그리움은 이미 만선이 되어버렸지만 '아직은' 혹은 여전

히 아직도 만선이 될 것이기에 깊고 넓다.

> 천만 결 물살에도 배 그림자 지워지지 않는다
>
> —「그리움」 전문

　우리나라는 삼면이 바다다. 서해, 남해, 동해다. 「공터의 마음」에 등장하는 바다는 서해이다. 실제 시인이 거주하는 곳도 서해이니 그럴 것이다. 서해는 동해와 달리 파도가 그리 크지 못하고 물결은 탁하다. 천만 결 물살이란 서해 바다처럼 끊임없이 잔파도가 치는 형국이다. 그 바다에 배 한 척이 놓여 있다. 배와 배 그림자는 이어져 있고, 천만번이나 파도가 그 사이를 가르고 있지만 여전히 배와 배 그림자는 같이 있다. 완벽한 어둠이거나 수중 심해로 침몰하지 않는 한 배의 그림자는 항상 배와 함께할 것이다. 그리움은 그런 것이다. 배와 배 그림자의 관계는 그리움과 그리움을 생각하는 주체와의 유비와 같다. 따라서 그리움의 정서를 의식하는 주체가 없어져야만 그리움은 소멸할 것이다. 정말로 그런 것일까. 그리움은 그토록 질긴 것일까. 이를 일컬어 원초적 그리움이라 했던가.

　「공터의 마음」에서 형상화된 당신을 향한 그리움은 이미, 여전히, 아직도 만선이다. 사정이 이러하니 시적 화자는 불러도 대답 없는 세월에게 자신의 공터에 핀 마음을 헐지 말아달라고 외칠 수밖에 없다. 과연 당신은 누구인가. 이제부터 그 당신을 찾아 시집을 누벼보자.

불현듯 추억이 나를 찾아와
기억의 길을 걸으면
고향과
어머니와
한 여자가
눈물로 만든 안경이 되네

아직 기억 속에 살고 있는
고향집 대추나무야
작고 비린 네 녹색 꽃이 보고 싶구나
나를 버리고 시집간 그 여자처럼
그 여자의 눈동자가 되어 바라다보던 서해처럼

뭉클 엉덩이의 감촉을 이고 있는 너바위야
학털구름도 두둥실 떠가며
계곡 흐르던 옛일 더듬는지
헤어져 살고 있는 어머니는
지금 무슨 밭을 매고 있는지
못난 자식 생각에 시름겨워
일순 호밋날에 감자가 찍혔는지

아카시아꽃 향기에 피를 적시고
어머니 눈물 한방울에
내가 젖고
온 세상이 젖던 어느 날

시집가버린 여자야
그 바닷가에
혼자 나가 당신과 함께 걸어보다
엉망으로 취해
고향 같던 어머니 같던 당신 같던 풀섶에
아!
내가 잃어버린 안경은
지금 무엇을 보고 있는지
내 탯줄은 썩어 무슨 풀꽃을 피웠는지
　－「내가 잃어버린 안경은 지금 무엇을 보고 있을까」 전문

　내가 잃어버린 안경은 기억의 길 위에 놓여 있다. 그 길엔 고향과 어머니와 한 여자가 존재한다. 아직도 기억 속에 살고 있는 고향엔 어머니와 한 여자인 그녀가 있다. 그녀들은 고향을 이루는 원천이고 눈물로 만든 안경을 이루는 시적 재료다. 어머니는 고향을 떠올릴 때 자연스레 일체되는 이미지라면 나를 버리고 시집간 그 여자 또한 기억의 길 위에 놓인 추억의 한 축이라 할 수 있다. 그 여자가 고향과 연관된 추억을 공유하는지는 명확하지 않다. 아직도 기억 속에 살고 있는 고향집 대추나무를 보고 싶듯 그녀를 보고 싶을 뿐이다. 함민복 시인의 고향은 충북 중원군 노은면이다. 그곳은 2연의 고향집 대추나무가 있던, 사방이 산으로 둘러싼 산골마을이다. 그러나 나를 버리고 시집간 그 여자는 같은 고향이 아닐 개연성이 있다.

당신 눈동자가 되어 바라보던 서해바다가 출렁이고(「공터의
마음」)
그 여자의 눈동자가 되어 바라다보던 서해처럼(「내가 잃어버
린 안경은 지금 무엇을 보고 있을까」)

'당신'은 '그 여자'이다. 그 여자는 서해바다와 연관성이 있다.
시적 화자는 그 여자인 당신과 서해바다에서 어떤 추억을 갖고
있는가 보다. 그 추억은 나를 버리고 시집갔을지언정 불현듯
찾아오는 것을 어쩔 수 없게 만든다. 헤어져 각자 살고 있는
어머니와 아들, 모자 사이에 그녀가 있다. 구구절절하게 다가오
는 어머니의 형상대로 익어만 가는 고향. 그 고향에 놓인 너바
위에 어머니의 아린 삶이 녹아들고, 자신을 버리고 시집가버린
그 여자의 눈동자가 고향집 대추나무와 겹친다. 고향 혹은 어머
니와 한 축을 이루는 그 여자는 '고향 같던 어머니 같던 당신
같던 풀섶'에 이르면, 눈물로 만들고 자신이 잃어버린 안경 속
그리움의 풍경이 된다.

그리움이 나를 끌고 식당으로 들어갑니다
그대가 일하는 전부를 보려고 구석에 앉았을 때
어디론가 떠나가는 기적소리 들려오고
내가 들어온 것도 모르는 채 푸른 호수 끌어
정수기에 물을 담는 데 열중인 그대
그대 그림자가 지나간 땅마저 사랑한다고
술 취한 고백을 하던 그날 밤처럼

그냥 웃으면서 밥을 놓고 분주히 뒤돌아서는 그대
아침, 뒤주에 쌀 한 바가지 퍼 나오시던
어머니처럼 아름답다는 생각을 하며
나는 마치 밥 먹으러 온 사람처럼 밥을 먹습니다
나는 마치 밥 먹으러 온 사람처럼 밥을 먹고 나옵니다
－「서울역 그 식당」 전문

　그리움이 '나'를 끌고 식당으로 인도한다. 나를 끄는 '그리움'
은 "천만 결 물살에도 배 그림자 지워지지 않는다"(「그리움」)와
같은 정서이다. 배와 배 그림자가 분리될 수 없듯이 배와 배
그림자는 항시 같이 있어야 하는 것이다. 이러한 정서는 생득적
이고 본원적인 인간의 본능 같은 것이기에 어쩔 수 없는 감정이
기도 하다. 천만번이나 파도가 쳐도 배를 따라다니는 배 그림자
를 분리할 수 없듯 그리움 또한 어쩔 수 없이 숙명처럼 받아들
여야만 하는 것일까. 인간이란 그렇게 생겨 먹었고 그럴 수밖에
없는 것인가.「그리움」이 어쩔 수 없는 인간의 원초적이고 막연
한 그리움의 정서를 유비적으로 형상화하였다면 시적 화자가
특정한 그리움의 시적 대상을 초점화하여 그려내고 있는 작품
이「서울역 그 식당」이다.
　그리움의 시적 대상이 존재하는 곳은 서울역 그 식당이다.
그곳에서 일하는 '그대'는 시적 화자가 사랑하는 그녀인 듯하
다. 그녀에게 바쳐진 형상화의 수사가 최상급이다. 맨정신엔
말도 못하고, 벙어리 아린 가슴 애달프던 시적 화자가 술의 힘

을 빌려 그대 그림자가 지나간 땅마저 사랑하고 고백한다. 그러나 그것은 별것 아니다. "어머니처럼 아름답다는 생각"을 하기에. 왜냐하면, 시인에게 있어 "어머니처럼 아름답다"는 더 이상 형용할 수 없는, 대상에 대한 애착의 강도를 지시하기 때문이다. 그러나 시적 화자는 '쑥맥'이거나 바보 혹은 벙어리가 되어버린다. 그녀 앞에선. 누군들 그러하지 않을까나. 비슷한 경험을 한 독자라면, "나는 마치 밥 먹으러 온 사람처럼 밥을 먹습니다/ 나는 마치 밥 먹으러 온 사람처럼 밥을 먹고 나옵니다"에서 자신의 그와 그녀를 떠올릴 것이다. 속은 쓰리지만 혼자 먹을 밥값만 있으면 되는 아주 경제적인 사랑, 맨정신엔 입안 가득 무언가 할말이 끓어오르지만 허구한 날 저, 저저, 저저저…만 나오는 그 삼룡이 냉가슴 사랑, 그대 그림자 지나간 땅마저 사랑한다고 말하기 위해서 약물(술)을 복용해야 하는 사랑. 그 사랑의 대상이 '당신 눈동자'였고 '그 여자의 눈동자'였을까.

까마귀산에 그녀가 산다
비는 내리고 까마귀산자락에서 서성거렸다
백번 그녀를 만나고 한번도 그녀를 만나지 못하였다
예술의 전당에 개나리꽃이 활짝 피었다고
먼저 전화 걸던 사람이
그래도 당신
검은 빗방울이 머리통을 두드리고
내부로만 점층법처럼 커지는 소리
당신이 가지고 다니던 가죽가방 그 가죽의 주인

어느 동물과의 인연 같은 인연이라면
내 당신을 잊겠다는 말을 전하려고
전화를 걸어도 받지 않고 독해지는 마음만
까마귀산자락 여인숙으로 들어가
빗소리보다 더 가늘고 슬프게 울었다
모기가 내 눈동자의 피를 빨게 될지라도
내 결코 당신을 잊지 않으리라
그래도 당신

－「흐린 날의 연서」 전문

　서울역 그 식당에서 밥만 먹으러 온 손님처럼 밥만 먹어야
했던 시인. 밥만 먹을 수밖에 없게 만들었던 '그대'와 개나리꽃
이 피었다고 먼저 전화를 걸었던 '당신'은 동일한 그녀일까. 시
인에게 직접 물어보지 않는 한 알 수 없다. 중요한 것은 그대든
당신이든 모두 쌍방이 주고받는 관계가 아니라는 점이다. 시의
내용을 유추해 봐도 그렇다. 백 번씩이나 그녀와 만나던 사이라
면 자주 봤던 사이였을 것이고 시인의 일상적 삶 속에 포진해
있는, 어느 정도의 친분이 있는 사람이라 할 수 있다. 그러나
한 번도 그녀를 만나지 못하였다는 시적 진술은 서울역 그 식당
에서 밥만 먹고 나올 수밖에 없었던 정서와 유사하다. 시적 대
상은 다르지만 그리워하는 정서가 동일하기 때문이다.
　그래도, 봄꽃이 피었다고 먼저 전화를 주었던 당신. 그래도,
잊겠다는 말조차 전할 수 없는 당신. 그래도, 결코 잊지 않으리
라 다짐할 수밖에 없는 당신. 서울역 그 식당에서 밥만 먹고

나왔지만 다시 그리움의 허기가 지면 또다시 찾아갈 수밖에 없
는 것처럼, 잊겠다는 말을 전하지 못해 점점 독해지는 마음이
그래도 당신이기에 잊지 않으려 하는 것이다. 그래도 당신이기
때문일까.

물이 별소리 다하며 흐릅니다
무릎 베고 누워 폭포수에 귀를 연 그대
눈동자에, 사랑에, 빠진, 눈부처, 나는

폭포는 분수, 더는 못 견디게 그리워
푸른 하늘로 솟아올랐던, 물방울,
산에, 내려, 모여, 저리 쏟아지는

내 마음, 언제 당신 마음 이리 많이 뿜어올렸던가
뿜어올렸던 당신 마음, 내 마음 되어
당신에게 쏟아지는 마음의 폭포,

사랑, 다시 쏟아지고 싶어
쏟아지다
되돌아 피어나는 물보라

내 눈동자 속의 당신, 당신 눈동자 속의 나
눈길 폭포에, 아카시아,
가시나무도 부드럽고 환한 그림자를 드리운
　　　　　　　　　　　　　　　　　－「폭포의 사랑」 전문

보통 폭포와 분수는 동양과 서양의 자연관을 비교하는 데 사용된다. 이를 통해 자연적이냐 인위적이냐로 구분되는 세계관의 차이는 비교적 명쾌하게 동서양의 인식 패턴을 변별할 때 효율적으로 나타나기도 한다. 그러나「폭포의 사랑」은 동서양의 세계관이나 자연관을 떠올릴 필요가 없다. 동양이든 서양이든 사랑에 빠진 사람이면 누구나 그러하기 때문이다. 시적 화자인 '나'는 '그대'의 눈동자와 사랑에 빠진 눈부처이다. 눈부처인 '나'는 '그대'가 더는 못 견디게 그립다. 그래서일까. '폭포는 분수'라 한다.

　폭포는 일정 정도의 물 흐름 후 수직의 낙하 운동을 말하고, 인공의 힘으로 중력을 거슬러 물을 수식으로 상승시켜야 하는 것이 분수이다. 이러한 대상의 원리를 시인은 사랑의 정서로 치환시킨다. 물방울을 푸른 하늘로 솟아 올린 동력은 더는 견딜 수 없는 그리움이다. 이제 앞서 읽었던 시인의 연시를 떠올려 보자. 시인의 사랑은 그리움에서 연원하는가 보다. 연시에는 그리움의 정서가 사랑을 배태시킨다. 그리움은 외로움의 다른 언어이다. 따라서 외롭기에 그리운 것이고 그립기에 사랑스러운 것이다.

　적지 않은 연시에 두드러지게 형상화되었던 그리움의 정서는 막연한 것일 수도 특정한 것일 수도 있다. 그러한 그리움이 하나로 모아져 시적 화자의 내 마음이 당신에 대한 마음으로 뿜어 올려진 것이다. 뿜어 올렸던 당신에 대한 마음은 수직의 정점에 이르러 당신에게 쏟아지는 내 마음의 폭포이다. 그 폭포는 한순간이 아닌 끊임없이 순환하는, 되돌아 피어나는 물보라이기도 하다. "내 눈동자 속의 당신, 당신 눈동자 속의 나", 나와 당신이 주고받는 '눈길 폭포'엔 아카시아도 가시나무도 부드럽고 환한 그림자를 드리우고 있다.

이 지점에 이르면, 그 당신의 존재가 누구인가를 추적했던 필자가 머쓱해진다. 일순, 다섯 권의 시집 전체를 몇 번에 걸쳐 정독하며 메모했던 시 읽기가 참말로 부질없음을 깨닫는 순간이기도 하다. "어려서 가출하다가 꺾꽂이 해 놓은 미루나무 뽑아/ 길바닥에 써 보았던 그 여자애 이름"(「식목일」)이 "숙아! 숙아!"(「수음을 하는 사내」)일까? 혹은 "여자 몸속에 아이 하나 못 심고/ 사십이 다 되어 홀로 돌아와/ 살아온 길 잠시 벗어 보네/ 낯선 고향에서 쉬이 잠 오지 않네"(「귀향」)에서, 홀로 살아야 했던 마흔 총각이 그리도 보고 싶었던 고향을 낯설다고 한 안타까웠던 심정이 새록새록 피어나기도 한다. "내 몸뚱이 죽어 어디다 버리면 좋을까/ 늘/ 고향 산이 좋을 것 같다는 결론에 이르던"(「고향」) 그였기에, 가난·어머니·공고 등의 가난하지만 따뜻한 시어를 품고 있었기에 사랑만큼은 부자처럼 풍성하기를 바랐던 것이다.

> 당신 품에 안겼다가 떠나갑니다
> 진달래꽃 술렁술렁 배웅합니다
> 앞서 흐르는 물소리로 길을 열며
> 사람들 마을로 돌아갑니다

살아가면서
늙어가면서
삶에 지치면 먼발치로 당신을 바라다보고
그래도 그리우면 당신 찾아가 품에 안겨보지요
그렇게 살다가 영, 당신을 볼 수 없게 되는 날
당신 품에 안겨 당신이 될 수 있겠지요

─「산」 전문

지금까지 읽었던 시편이 무색해진다. 당신이, 그대가, 그녀가, 왜 꼭 사람(그녀)일 것이라고만 고집했을까. 시만 잘 썼지, 그 흔해빠진 연애 한 번 못해 본 마흔 총각. 시만 잘 썼지 제대로 된 월급 한 번 받아보지 못한, 직업이 가난이고 시인이었던 강화도 어부. 등등의 대중매체와 인터넷에서 쏟아낸 다기한 내용에 필자도 중독되었나 보다. 남들 다해본 연애. 그것이라도 물쓰듯 펑펑 한 번 해보길 바랐던 염원이었나 보다. 그러한 잡념들이 「산」을 읽으면 봄눈 녹듯 스르륵 스르륵 녹아내린다. 꼭, 당신이나 그대가 그녀만이 아니어도 되지 않는가. 살아가면서 늙어가면서 삶에 지칠 때 먼발치라도 산을 바라볼 수 있으면 족하지 않는가라고. 그러나 여운이 남는 건 어쩔 수 없는 일이다.

산을 찾아가 산의 품에 안길 때 누군가와 함께 가면 더 좋지 않겠는가 말이다. 그 누군가가 폭포의 사랑을 이루게 해주는 사람이었으면, 서울역 그 식당에서 밥만 먹지 않고 밥도 같이 먹어주고 담소도 나누는 사람이었으면, 잊는다는 말을 할 필요가 없으니 독해지지 않고 더욱 순해져서 예술의 전당에 핀 개나리꽃을 손 마주 잡고 같이 걸어갈 사람이었으면 더욱 좋지 않겠는가 말이다. 그것들은 당신 생각을 켜 놓은 채 잠이 들었고 아침에 깨어준 사람이 당신이면 얼마나 좋을까 하는 망중한이었다. 여기까지가 네 번째 시집까지 읽으며 속으로 조마조마했던 필자 마음의 고백이다. 그러나 거기까지다.

　　　같은 뿌리 하나로 오십가구 먹고사는 인삼센터
　　　영하 삼도씨의 저온창고에서 꺼내온 인삼
　　　별, 왕대, 대, 중, 소, 믹사, 삼계, 소난, 잔난, 응애, 파삼
　　　머리를 통로 쪽으로 차곡차곡 쌓는
　　　삼포 이엉 엮어 중학교 갔다는
　　　소小삼계보다 가는 손가락
　　　홍삼원액, 대추, 정과, 절편
　　　요리조리 바꿔보며 고개 갸웃갸웃
　　　크게 변할 것 없어 더 민감하게
　　　손님 입장 되어 진열장 쳐다보는
　　　부러지고 건조되고 칼금 저울 줄 수 없고
　　　홍삼젤리, 홍삼크런치 덤에 카드 수수료까지
　　　수삼장사 남는 것 없다 속상해하면서도
　　　마수걸이했다고 오후인데도 맑아져 전화하는
　　　사람과 사람 사이에 사람 인 자 수백 뿌리 눕혀놓고
　　　삼 보고 가시라고 하루 종일 같은 말 반복하는
　　　주민등록등본 내 이름 밑에

당신 이름 있다고 신기해 들여다보던
밤이면 돌아와 인삼人蔘처럼 가지런히
내 옆에 눕는
당신은 누구십니까
나는 당신의 누구여야 합니까

- 「당신」 전문

　어찌됐던, 시인의 당신은 다섯 번째 시집『눈물을 자르는 눈꺼풀처럼』에서 판명된다. 그녀는 박영숙 당신이었다. 2011년 3월 6일 오후 서울 영등포구 여의도동 사학연금회관 2층에서 신부 박영숙과 신랑 함민복은 결혼했다. 시인은 결혼 7년 전 경기 김포시 시창작교실 강의를 나갔다. 강의와 특강 등이 시 창작 외엔 주된 수입원이었으리라. 시 쓰기 선생님 함민복은 자신의 제자 박영숙을 만난다. 「귀향」에서 나타난 바와 같이, 그녀를 만나기 위해 마흔이 넘어서까지 여자 몸에 아기를 심지 않았었나 보다. 그들은 알콩달콩 사랑을 피워냈으리라. 시인의 사랑은 어땠을까. 시인은 자신의 작품에 형상화했던 것처럼 사랑을 했을까. 어쨌든 그들은 사랑을 했고 그 사랑을 키워 내 결혼 2년 전부터 인천 강화군에서 함께 살다 늦게 식을 올린 것이다. 무슨 사정이 있었으리라. 그면 뭐 어때. 좋아하고 사랑하면 그뿐인걸. 안 그런가요…. 신부 어머니의 간절한 염원이었다 한다. 구순인 장모의 막내 딸 결혼식을 꼭 보고 싶다는….

　소설가 김훈의 주례와 가수 안치환의 축가, 시인 이정록의 축시 등 당시의 대중매체에서 전한 소식은 '문단의 쾌거'라는 화환으로부터 다양한 축하 소식을 전하고 있다. 필자는 이 반가운 소식을 몰랐다. 수업시간에 학생으로부터 들었다. 수업시간에 함민복 시를 자주 이야기하니까 직접 강화도로 시인을 찾아간 제자도 있었다. 결혼식이 한참이나 끝난 후에 들었으니 무척이나 아쉬웠다. 봉투라도 보냈어야 하는데 하는 미련이 쓰나미쳤다. 그때는 이미 시인에 관한 논문을 몇 편 쓴 이후라 그에 관심이 식지 않은 상태였고 언제쯤이나 다섯 번째 시집이 나올까에 대한 기대감이 있었던 터였다.

당시의 소식을 전한 매체의 기사를 보니 김훈의 주례사가 인상적이다. "오늘 결혼하는 함민복은 고통, 고생, 가난, 외로움 속에서도 반짝이는 인간의 아름다움을 시로써 표현해온 시인입니다. 더 아름다운 것은 자신이 얼마나 중요하고 훌륭한 사람인지를 스스로는 잘 모른다는 거지요."라고 했다. 그렇다. "민보기 꽃보다 아름다워"를 부른 안치환의 노래도 맞다. 그리고 신랑 함민복의 쑥스러운 한마디, "남들은 20, 30년 전 한 건데 쑥스럽네요. 문단엔 아직 노총각인 분이 꽤 있어요. 40대 노총각에게는 희망을 주고, 50대 후반 이상 분에게는 분발할 수 있는 계기가 됐으면 좋겠습니다. 하하하…." 이것도 맞다. 시인은 노총각 때 벌써 자신의 삶을 예견하고 있었다.

긴 상이 있다
한 아름에 잡히지 않아 같이 들어야 한다
좁은 문이 나타나면

한 사람은 등을 앞으로 하고 걸어야 한다
뒤로 걷는 사람은 앞으로 걷는 사람을 읽으며
걸음을 옮겨야 한다
잠시 허리를 펴거나 굽힐 때
서로 높이를 조절해야 한다
다 온 것 같다고
먼저 탕 하고 상을 내려놓아서도 안 된다
걸음의 속도도 맞추어야 한다
한 발
또 한 발

―「부부」 전문

　이 작품은 노총각 시인 함민복이 어쩔 수 없이 수락한 후배 결혼식의 주례 내용이다. 「부부」가 수록된 네 번째 시집『말랑말랑한 힘』이 2005년에 나왔으니, 위에 말한 시창작교실 제자 박영숙을 만난 때가 결혼 7년 전으로, 정확하게는 장담할 수는 없지만 2004년 언저리일 것이다. 인용 시는 출판연도 이전에 쓰였을 것으로 여겨지니 동갑내기 제자와의 열애는 거리가 좀 있을 듯싶다. 어쨌든 새로운 부부를 향하여 쓰인「부부」란 작품은 몇 년 후 자신을 향하는 예시가 되는 셈이다.

　「부부」는 긴 상을 옮기는 두 사람의 행위를 부부의 관계로 유비하는 작품이다. 긴 상이니 같이 들어야 하고, 좁은 문을 만나면 서로를 읽으며 마주보고 걸음의 속도를 맞추고 상의 높이도 조절해야 한다. 한 발, 또 한 발 그리고 계속되는 걸음도.

다 온 것 같다고 먼저 '탕'하고 내려놓으면 어찌되는가. 여러분은 다 알리라. 적어도 결혼 생활을 하신 분이라면. 직설적으로 이야기하면 파탄일 것이다. 시인은 그걸 자신에게 들려주는 것이다. 그대이고 그녀였던 당신, 자신의 아내인 박영숙과 더불어. 후에 계간 『시작』지에서 소설가 박성원과의 인터뷰에서 다음과 같이 말한다.

> 집사람과 내 나이 합치면 백 살이야. 너무 늙어 짝을 만났어. 서로 생활패턴이 달라서(그의 부인은 강화 인삼센터에서 삼 판매를 하고 있다.), 그 친구는 아침에 나갔다가 저녁에 들어오고 나는 초저녁에 자서 새벽에 일어나니 말이야. 내가 세탁기를 돌려보니까, 여자들의 옷은 모두 조그맣잖아. 양말도 청바지도 옷도 말이야. 이렇게 작은 것들을 입고 작은 몸으로 살려고 발버둥치고 있는데, 내가 술타령만 하고 있으면 안 되겠다는 생각을 하지 뭐. 항상 미안한 거지 뭐…. 과일을 파는 사람은 열매로 먹고 살고, 가축으로 먹고 사는 사람, 물건을 만들어 파는 사람, 그런데 인삼을 생산하고 파는 사람들은 뿌리로 먹고 사는 사람들이거든.

인터뷰를 읽으며 시인의 결혼 후 생활이 엿보였다. 오십에 만난 짝과 어떤 삶을 살아가고 있는지 대충 어림짐작을 할 수 있었기 때문이다. 생활 패턴이 다르다는 구절은 단순하게 들리지 않는다. 하루의 일과를 단순하게 시간상으로 정리했다는 느낌 이상으로 읽힌다. 총각 때의 생활과 유부남이 되었을 때의 생활에 별반 다름을 느낄 수 없다. 그리고 자신의 아내가 작고 조그마한 몸으로 살려고 발버둥을 칠 때 자신이 술타령만 하고 있으면 안 되겠다는 생각을 하며, 항상 미안한 마음뿐이다. 그렇다면 그런 생각을 가지기 이전에 계속 술타령을 했다는 말이 된다. 뒤에 이어지는 인터뷰에서는 외고 특강을 다녀왔다 했다. 또 다른 지면에서는, 바쁠 때에는 아내가 경영하는 '길상이네' 가게에 매일 나가 도와주곤 하지만 그렇지 않으면 집에서 글을 쓰든가 혹은 옛날에 살던 바닷가 동네 가서 뱃사람들이 뭘 잡나도 보고, 농사일하는 사람들도 조금 거들어주다 집에 들어오는 게 일과라 했다.

과연 결혼 전과 후가 크게 달라질 수는 없는 노릇이다. 결혼이라는 사회적 제도에 시인 또한 어쩔 수 없는 것일 것이고, 아내의 살려고 발버둥치는 현실이 안타까웠으리라. 총각 때도 다녔던 특강이나 강연 등이 또는 다섯 권의 시집 외에 산문과 동시집 등의 저술 활동이 그가 지닌 경제력의 전부가 아니었던가. 그러나 그가 말한 '긴 상'을 옮기는 부부의 조화와 걸음의 속도는 여전히 진행형이며 앞으로 나아가는 과정일 것이다.

6. 흔들린다

살다보면, 한 번쯤 청심환이 필요한 때가 있다는 광고 카피가 들린다. 이 세상, 한세상 살다보면 누구나 그러하다. 이 글을 읽는 독자 여러분 또한 예외가 아닐 것이다. "우산처럼 가슴 한

번 확 펼쳐보지 못한 생활"은 "우산처럼 가슴 한번 확 펼쳐보는 사랑을 꿈"(「우산 속으로 빗소리는 내린다」) 꾸기가 어렵다. "내게도 기적처럼 행복했던 시절이 있었네"(「송홧가루 날리는, 아버지 사진 한 장」)에서 나타난 것처럼 시인에게 있어 행복이란 바로 기적이었으니 말이다. 그렇다면 기적의 찰나 외엔 어떤 시간이 그에게 주어져 있었을까. "작은 소돔성이 멸하고 더 큰 소돔성이 들어설 땅에서 그들은 도대체 무엇을 꿈꾸는가"(「마두리에서」)라며 가면을 쓰고 속물들에게 일침을 가하지만 환유의 수사학 그 이면에는, 그 가면의 이편에는 큰 소돔성의 일원이 되고픈 무의식이 도사리고 있었을 것이다. 징글징글한 그 가난이 무에 그리 좋을까. 가난의 시인, 시인을 키운 건 팔 할이 가난 등등 이젠 지긋지긋할 법도 하다. 그러나 "프로 가난자인 거지 앞에서/ 나의 가난을 자랑하기엔/ 나의 가난이 너무 가난하지만"(「라면을 먹는 아침」) 그의 가난은 버티는 게 아니라 지켜내는 듯하다.

그의 삶을 시로 재구성하는 과정에서 느꼈던 감회는 몇몇 연구자나 평론가들의 세련된 수사와 거리가 있다. 필자 또한 몇몇에 속하는 부류지만 글을 쓰는 과정에서 느꼈던 논리와 이론 혹은 논문의 틀이나 시세계를 규정해야만 하는 강박관념으로부터 자유롭지 못했기 때문이다. 그러나 형식과 논리의 구성으로부터 자유롭게 시인의 작품을 읽어내려 감으로써 비로소 보이고 들리게 되었다. 하나의 체계와 글의 형식으로부터 일탈적 글쓰기가 주는 자유로움이다. 그러나 그러한 글쓰기의 자유로움에도 이렇게 해야 하나 저렇게 써야 하나, 이게 맞지 않을까 아니 다른 방향으로 쓰는 게 낫지 않을까. 다시 또 지우고 지우고 지운 뒤 쓴다. 순간 순간 흔들리며 흔들며….

집에 그늘이 너무 크게 들어 아주 베어버린다고
참죽나무 균형 살피며 가지 먼저 베어 내려오는
익선이형이 아슬아슬하다

나무는 가지를 벨 때마다 흔들림이 심해지고
흔들림에 흔들림 가지가 무성해져
나무는 부들부들 몸통을 떤다

나무는 최선을 다해 중심을 잡고 있었구나
가지 하나 이파리 하나하나까지
흔들리지 않으려 흔들렸었구나
흔들려 덜 흔들렸었구나
흔들림의 중심에 나무는 서 있었구나

그늘을 다스리는 일도 숨을 쉬는 일도
결혼하고 자식을 낳고 직장을 옮기는 일도
다
흔들리지 않으려 흔들리고
흔들려 흔들리지 않으려고
가지 뻗고 이파리 틔우는 일이었구나
                                    -「흔들린다」 전문

익선이 형네 집 참죽나무가 아름드리 큰 나무인가 보다. 그는 나무가 너무 커서 집에 그늘이 많으니 이참에 아주 베어버린다고 나무를 오른다. 그를 바라보는 시적 화자의 시선도 아슬아슬하다. 익선이 형이 아슬아슬하다는 것은 참죽나무의 흔들림으로부터 비롯한다. 이참에 아주 베어버렸는지는 모른다. 나무의 균형을 살피며 가지를 베어낸다. 그때 흔들림이 나타난다. 익선이 형이 나무의 균형을 살피며 가지를 베어내도 나무 스스로가 한쪽의 베어냄을 맞추기 위해 다른 한쪽을 흔드는 것이다. 한 가지를 벨 때 진동은 베어져 나가는 가지와 남겨져 있는 가지 양쪽을 흔들고, 그 흔들림은 가지에서 나무의 몸통 전체로 퍼진다.

열 손가락을 깨물어 안 아픈 손가락이 어디 있겠는가. 나무의 흔들림은 중력에 저항하는 것이 아니라 순응하는 것이다. 우리가 발을 굴러 위로 솟구쳐도 이내 땅으로 떨어지는 것과 같다. 그러나 그것은 너무도 일상적이고 식상한 지금의 상식이었지만 불과 오래지 않은 과거에 떨어지는 나무의 사과를 보며 처음으로 발견했다지 않는가. 이 작품의 가치는 여기에 있다. 눈물은 왜 짠가를 우리에게 화두로 던졌을 때처럼, 너무도 일상적이고 보편적인 사물이나 현상 속에 자신만의 그 무엇을 형상화하는 시인 특유의 정서감. 독자들은 그 정서에 매혹되어 현재 자신의 현황을 자연스레 되돌아보며 흔들리고 흔들리는 자신을 반추하게 된다.

베어져 떨어지는 가지들과 남겨져 떨어지는 동근同根의 가지를 보는 가지는 모두 흔들고 흔들린다. 그 흔들림의 중심에 흔들려 덜 흔들렸었구나 하는 시적 화자의 인식이 놓여 있다. '－었구나'의 과거형 서술 종결어미는 나무의 흔들림에 대한 관조와 인식의 시간적 흐름을 표현하고 있다. 그것은 익선이 형의 베어버리겠다는 다짐부터 가지를 베고 내려오는 일련의 경과를 포함한 시간이다. 그와 더불어 그 시간의 흐름에 따라 나무가 흔들리는 동작에 대한 시적 화자의 깨달음을 이끌어 내고 있다. 그 시간은 길지 않다. 순간이다. 오랫동안 보고서 차츰차츰 느껴가는 것이 아니다. 어느 순간 나무의 흔들림이 우화처럼 다가온다. 우화寓話는 결코 어리석은 이야기가 아니다.

흔들림의 중심에 나무가 서 있어 흔들리지 않으려 흔들렸다는 깨달음의 3연이 나무의 흔들림에 대한 1차적 보고서에 해당한다면, 마지막 연은 사물의 흔들림과 인간사를 유비시켜 인간의 세상만사를 흔들림으로 우화하는 지점에 다다른다. 마지막 연의 인간사인 그늘이나 숨, 결혼하고 자식을 보고, 직장을 옮겨다니는 일 등 생략된 수많은 삶의 양태가 '다'에 숨겨져 있다. 누군들 흔들리지 않겠는가. 누군들 종일 매년 일생 동안 곧게만 살 수 있겠는가. 살다보면 다들 그러지 않겠는가.

파도가 없는 날
배는 닻의 존재를 잊기도 하지만

배가 흔들릴수록 깊이 박히는 닻

배가 흔들릴수록 꽉 잡아주는 닻밥

상처의 힘
상처의 사랑

물 위에서 사는
뱃사람의 닻

저 작은 마을
저 작은 집

―「닻」 전문

   파도가 없는 잔잔한 날엔 배가 흔들리지 않는다. 그때는 닻의
존재를 잊는다. 그러나 그런 날이 매양 지속될 수는 없는 노릇
이다. 바람이 커질수록 배의 흔들림도 커진다. 「흔들린다」에서
나무의 그것과 같은 이치다. 파도의 세기와 배가 흔들리는 강도
는 정비례한다. 파도란 바람에 따라 이는 것이니 결국 바람이
불수록 배의 흔들림은 결정되는 것이다. 바람이 분다. 파도가
인다. 배는 이리저리 흔들린다. 이때 닻의 존재가 각인된다. 배
가 흔들릴수록 깊이 박히는 닻은 배와 닻을 연결하는 닻밥이
없으면 무용지물이다.
   옛말에 머슴밥과 닻밥은 풍성하게 줘야 된다는 말이 있다.
고봉으로 쌓은 머슴밥은 힘을 더 내게 할 것이고, 배와 닻을
연결하는 닻밥, 즉 줄이 짧으면 태풍이 칠 때 전복의 위험이

있기 때문이다. 배가 흔들릴수록 닻은 바다 땅에 깊이 박히고, 닻밥은 제 몸을 깎고 부수면서도 배를 견고하게 잡아줄 것이다. 그것이 닻과 닻밥이 지닌 상처이고, 그 상처로 인해 생성된 힘과 사랑으로 배는 태풍의 흔들림을 견뎌낼 것이다. 여기까지가 나무의 흔들림이다.

「흔들린다」가 인생이나 삶의 흔들림을 거시적으로 형상화하였다면 「닻」은 배와 뱃사람의 관계로 미시적이라 할 수 있다. 배와 닻 그리고 닻밥의 관계는 뱃사람과 뱃사람의 닻으로 유비된다. 뱃사람을 지켜주는 닻은 저 작은 마을에 있는 저 작은 집의 가족이다. 가족은 어부의 닻이자 닻밥이기 때문이다. 그네들이 있기에 새벽에 출어를 하고 만선을 꿈꾸는 것이다. 이러한 유비 관계는 "뱃전에 서서 빈 소라 껍질 매단 줄을 당기면/ 배가 흔들리고/ 길에 매달린 집들이 흔들린다」(「주꾸미」)에서도 반복된다. 빈 소라 껍질을 매단 줄은 주꾸미를 걷어올릴 그물이다. 그 그물의 줄을 당기면 배가 흔들릴 것이고, 그물이 바닷길에 매달려 있기에 주꾸미의 집들도 흔들린다. 달리 말하면, 줄을 당겨 그날의 어획량에 따라 배가 출렁일 것이고 그것은 곧 가족의 집(경제)이 흔들리는 이유가 될 수도 있다. 잊지 않는 것은 사물의 현상과 인간의 삶을 유비시키는 시적 전략이다. 독자들은 여기에서 매혹된다. 시적 환유가 자신의 문제로 치환되면서 나무와 배의 흔들림 그리고 닻과 닻밥의 상처에 공명하는 것이다. 그러면서 잔잔한 우울감이 청량하게 다가온다.

왜 그럴까. 시적인 탁월한 형상화를 이룩했음에도 불구하고 말이다. 그것은 사물의 현상을 인생의 무엇으로 정곡을 찌르는 시적 직관의 지난함 때문이다. 흔들림의 명제를 명제화 하기까지 시인은 무수히 흔들렸을 터이고, 소위 딜레마의 끊임없는 시행착오를 거쳐야 했을 것이기 때문이다. 우리가 그러하듯 그도 인간이기에.

> 뒷산에서 뻐꾸기가 울고
> 옆산에서 꾀꼬리가 운다
> 새소리 서로 부딪치지 않는데
> 마음은 내 마음끼리도 이리 부딪치니
> 나무 그늘에 좀더 앉아 있어야겠다
> — 「그늘 학습」 전문

시적 화자는 어느 산간 마을에 있나 보다. 그를 둘러싼 각각의 산들에서 각각의 새소리가 들린다. 뻐꾸기. 꾀꼬리. 종달이 등. 저 멀리서 제각각 소리를 내지만 몇 백 미터에서 몇 킬로미터까지나 멀리 떨어져 있다. 그러나 그 먼 곳에서 내는 소리가 시적 화자가 앉아 있는 나무 그늘에까지 도달해서 정확히 자신의 존재성을 소리로 드러내고 있다. 그뿐이겠는가. 여름이니 그가 앉아 있는 오래된 나무 밑 그늘 근처엔 온갖 찌르레기들이 악다구니처럼 소리를 낼 것이다. 그런데 이상하게도 모두들 이리도 명확하게 들린다.

저 먼 산의 새소리와 바로 자신 근처의 소리가 각각 부딪치지 않고 협화음을 내고 있다. 그런데 한 치의 오차도 없는 내 머릿

속. 내 마음속은 불협화음이다. 이래야 하나 저래야 하나. 이럴 수도 저럴 수도. 끊임없이 판단하고 선택해야 하는 나. 마음과 마음이 교차하기도 하고 덧대기도 하면서 상충한다. 그 마음과 마음의 꼬리를 자르면 그 꼬리가 다시 이어진다. 그러니 시적 화자는 나무 그늘에서 좀 더 앉아 있어야 할밖에 도리가 없다. 우리들처럼. 우리가 살아가는 소리처럼…. 이 작품에서도 위의 인용 시편들과 동일한 수사를 전개하고 있다. 고전적 수사인 선경후정이라 할 만하다. 그렇다면 무슨 마음과 마음이 저리도 부딪치며 어수선하게 할까. 결국 살아가며 흔들리며 혹은 흔들리며 살아가는 그 무엇이겠지.

> 결국
> 도시에서의 삶이란 벼랑을 쌓아올리는 일
> 24평 벼랑의 집에 살기 위해
> 42층 벼랑의 직장으로 출근하고
> 좀더 튼튼한 벼랑에 취직하기 위해
> 새벽부터 도서관에 가고 가다가
> 속도의 벼랑인 길 위에서 굴러 떨어져 죽기도 하며
> 입지적으로 벼랑을 일으켜 세운
> 몇몇 사람들이 희망이 되기도 하는
>
> —「옥탑방」에서

> 문이 문을 여는 빌딩을 기웃거리고
> 들이 아닌 강이 아닌 산이 아닌

식당에서나 음식물을 만나
죽은 고기를 씹고
똥물 내리는 물소리나 들으며
풀 냄새라곤 담배 냄새나 맡다가

여자 몸 속에 아이 하나 못 심고
사십이 다 되어 홀로 돌아와
살아온 길 잠시 벗어 보네
낯선 고향에서 쉬이 잠 오지 않네

－「귀향」에서

두 편의 인용 시는 도시와 농촌의 모습을 바라보는 시적 화자
의 시선이 그려져 있다. 「옥탑방」은 팍팍한 도시인의 일상을,
벼랑이라는 수직성을 통해 속도가 속도를 반성하지 않는 가속
도의 세계에 노예가 되어 버린 우리의 모습을 꼬집고 있는 작품
이다. 그러한 도시적 일상은 「귀향」에서 형상화 하고 있는 것처
럼, '낯설지 않던 도시'이다. 정작 시인이 꿈에도 그리워하고 어
머니와 같은 층위로 꿈꾸었던 고향이 '낯선' 고향이 되어버린
현실이기에 그러하다. 결국 마음과 마음이 충돌하는 고민은 살
아가는 이야기일 터이니 크게 다를 건 없을 것이다. 그러나 정
작 중요한 것은 속마음일 것이니 바로 내면의 성찰이나 반추이
리라.

아름다운 새소리가 들렸다

쓰름매미가 울음을 멈춘다

나비가 새소리 반대 방향으로 몸을 튼다

일순 배추꽃 노란색이 옅어진다

새소리가 아름답게 들리는

내 마음속에 존재하는 잔인함이여
—「여름의 가르침」 전문

잠시 하던 일을 멈추고 상상해 보자. 지금 이 순간 우리는 숲 속에 있다. 들리는가, 아름다운 새소리가. 여러분 각자 좋아하는 새를 떠올리고 그 새가 지저귀는 소리를 감상해 보자. 어떠신지. 보통, 명상음악 유의 음반을 들어보면 대개 자연의 소리를 들려주곤 한다. 그 구성물 중 빠지지 않는 것이 새소리이다. 특히 숲을 모티프로 하는 음악의 경우엔 더욱 그렇다. 이제 다시 작품으로 돌아가 보자. 우리는 이미 시적 상황에 놓여 있다. 숲 속 아름다운 새소리를 들었기 때문이다. 때는 여름이다. 아름다운 새소리에 이어 쓰름매미 소리도 들린다. 그런데 아름다운 새소리가 들리자 지겹게도 악다구니처럼 울어대던 쓰름매미의 소리가 뚝 멈춘다. 웬걸, 곁에 있던 나비가 새소리가 들렸던 반대 방향으로 몸을 휙 튼다. 그리곤 갑자기 배추꽃 노란색이 옅어진다. 여기까지가 새소리에 반응하는 자연의 모습이다.

시적 화자에게 새의 음성은 아름다운 소리이다. 즉 인간에게 있어서 새소리는 편안함과 휴식을 주는 대명사격으로 인식되어 왔다. 꾀꼬리 같은 목소리가 그 예가 될 것이다. 그러나 인간의 이야기일 뿐이다. 그 아름다운 소리를 지닌 새가 소리를 내자 땅속에서 7년을 견뎌 지상에서 열흘을 머물다 갈 쓰름매미가 울음을 멈춘다. 나비는 새소리가 들리자 들렸던 반대 방향으로 몸을 돌려 최대한 멀어지려 한다. 그 소리로부터. 배추꽃의 노란색이 갑자기 옅어지는 것은 배추에 붙은 곤충이나 벌레의 보호색이 자기 방어를 취하는 것이다.

앞서 인용했던 시편들에 의하면 그것은 흔들림일 것이다. 그런데 그 흔들림은 인간이 아닌 생물계의 경우, 목숨을 담보로 하는 것이다. 새와 쓰름매미, 새와 나비, 새와 배추벌레의 관계를 떠올려 보자. 우리에게 아름다운 소리를 선사하는 새는 매미와 나비 그리고 배추벌레에겐 천적이다. 천적 관계는 어쩔 수 없음이다. 그러니까 천적이다. 그것은 극한의 공포이자 생명을 건 도주여야 한다. 그래야만 생명을 이어갈 수 있으니. 이 지점에 이르면 시인이 지속적으로 추구하는 사물 혹은 자연계의 현상 속에 감추어진 그 무엇을 끌어내는 감각이 얼마나 탁월한지를 느낄 수 있다. 나에게, 너에게, 우리에게는 '아름다운' 새소리이지만 새와 천적관계를 지닌 생명체에겐 무한의 공포와 폭력을 담보로 한 소리가 되는 것이다.

시인은 무심히 지나치는 새소리를 듣고, 그 소리가 아름답게 들리는 지극히 보편적인 인간의 일상을 비틀어 버린다. 비틀고, 뒤집고, 관점을 달리하고, 역으로 생각해보니, 나의 '아름다움'은 누군가에겐 목숨을 좌지우지하는 '공포'일 수 있다는 시적 인식. 그것이 "새소리가 아름답게 들리는// 내 마음속에 존재하는 잔인함이여"가 놓이는 자리이다. 그러나 그 '잔인함'은 누구나가 느낄 수 있는 것은 아니다. 자연의 사물계가 주는 현상을 자신의 존재론적 인식으로 탈바꿈해야 하는 그 무엇을 지녀야 하기 때문이다.

삐뚤삐뚤
날면서도
꽃송이 찾아 앉는
나비를 보아라

마음아

— 「나를 위로하며」 전문

언제나 우리는 흔들린다. 이 글을 쓰는 필자도, 이 부분을 읽어가는 독자도 모두 흔들린다. 흔들린다는 공통분모만 있을 뿐 왜 무엇 때문에 어째서 그런가는 모두 다 다르다. 이를 염두에 두고 작품을 읽어보자.

「나를 위로하며」는 제목과 시 내용의 상관성에 주목을 요한다. 나를 위로한다. 자신을 위로하는 것은 스스로 위함이다. 즉, 자위自爲다. 수업 시간에 이 말을 하면 학생들은 웅성거린다. 언어도 역사성이 있으니 어쩔 수 없는 노릇이다. 스스로 자 '自' 이 글자가 들어가는 비슷한 계열체로 자존自尊, 자애自愛, 자중自 重 등의 단어가 있다. 모두 스스로 자신을 위함일 것이다. 이 세상에서 자신을 가장 잘 알고 적절한 위안을 해 줄 수 있는 존재가 바로 자신이기 때문일 것이다. 이 시의 제목이 환기하는 것이 그것이다. 그렇다면 시 내용과 어떤 관련이 있을까.

다시 한 번 상상해 보자. 이번엔 봄날이다. 추운 겨울을 이겨 내고 나비가 나왔다. 나비의 비행. 나비는 제비처럼 날지 못한 다. 삐뚤삐뚤 난다. 한숨의 미풍에도 자신의 전존재가 흔들리 며 나비는 삐뚤삐뚤 지그재그로 난다. 그러한 모습은 '날면서 도'의 어미가 주는 정처 없음이나 무목적성 혹은 주체성이 없이 이리저리 흔들리는 풍경으로 보이는 듯하다. 그러나 그 나비는 바람에 흔들리며 정처 없이 삐뚤거리며 나는 듯하지만 자신이 가고자 하는 꽃송이에 정확하게 착륙하여 꿀을 모을 것이다. 이 나비의 모습을 보며 시적 화자는 누군가에게 '보아라'고 명 령한다. 누구에게, 바로 자신에게, 자신의 '마음'에게….

시의 내용에는 묘사되어 있지 않지만, 마음의 주체가 누구인 지, 마음은 어떤 정서 상태인지 우리는 추론할 수 있다. 무언가 속상한 일을 겪고 있는 혹은 이래야 하나 저래야 하나 하는 고 민 상태에 놓여 있는 시적 화자의 마음으로, 확실한 것은 그의 마음이 유쾌, 상쾌, 통쾌하지는 않다는 사실이다. 그러기에 시 적 화자는 자신의 마음에게 나비를 보라고 명한다. 이러면서 작품은 끝나지만 그 '마음'이 삐뚤삐뚤 날면서도 꽃송이를 찾아

가는 나비의 비상을 보면서 위로를 받을 것이라고 괄호 쳐져 있음을 알 수 있다. 이러한 과정은 자신에게로 향하는 내면의 성찰이 그리 녹록지 않음을 주지하는 것이다.

십년쯤 된 가지에 까치집을 얹고 있는
삼백년 된 느티나무의 가지 끝은
바람에 흔들리는
한살이고 새순이고
나이 먹지 않은 지금이다

삼백년 된 느티나무는
밑둥치를 기단으로 삼아
줄기 쪽과 뿌리 쪽으로
삼백개의 원에서 한개의 원까지
나이테 탑을 쌓고 있다

위로
아래로

상승의 욕망과 하강의 욕망이 맞부딪치는 부분이
서로 반대 방향으로 당기는 힘에 끊어질 것 같고
서로 박차는 힘에 다져져 단단할 것 같기도 한

삼백년 묵은 느티나무 나이는 삼백살이고
한살이고 새순이고

실뿌리 한 가닥 막 습기에 젖는 순간이다
─「나이에 대하여」 전문

결국, 나비의 삐뚤삐뚤한 비상은 나무의 흔들림과 무엇이 다르겠는가. 인간의 무중력에의 꿈을 너무도 가볍게 웃으며, 살짝기 떠오르는 나비의 가벼움은 조그마한 미풍에도 삐뚤삐뚤 흔들리는 이유겠지만 이리저리 흔들림에도 불구하고 꽃꿀에 정확하게 안착하는 동력이기도 할 것이다. 중요한 것은 그 현상을 바라보는 인간의 관점이다. 사물이나 생물의 현상을 존재의 투사로, 감정 이입의 대상체로 형상화하는 과정. 그 과정은 시인의 외부를 관조하는 시선을 끊임없이 조정하면서 변화와 지속을 유도한다.

「나를 위로하며」가 자신의 내부로 나비의 삐뚤삐뚤 흔들리는 비상을 끌어들였다면, 자신의 외부에 놓인 삼백 년 된 느티나무를 관조하며 내면에 쌓인 의식/무의식을 투사하는 작품이 「나이에 대하여」이다. 삼백 년짜리 느티나무에 십 년쯤 된 가지의 끝이 바람에 흔들린다. 삼백 년 전이나 십 년 전이나 느티나무는 바람에 흔들렸을 것이다. 지금 현재 바람에 흔들리는, 한 살이고 새순의 흔들림처럼, 마치 정지된 시간 같은 "나이 먹지 않은 지금" 말이다. 시인은 시간의 흐름과 정지된 시간을 교차시킨다. 삼백 년 전과 현재라는 시간의 선차성은 가지 끝을 흔드는 바람이 그때에도 지금에도 여전히 흔들고 있다는 전제하에 시간을 무화시킨 무시간성을 띠게 된다. 이때 삼백 년 된 느티나무가 나이테를 하나씩 위로 아래로 둘러쌓아 가는 모습을 본다.

바람의 흔들림이란 자극에 반응하는 느티나무의 대처는 상
승과 하강의 욕망을 통제하며 균형을 맞추는 것이다. 그것은
서로 반대 방향으로 당기는 힘과 서로 박차는 힘에 다져져 더욱
단단해지는 한 살이고 새순인 한 살 된 나이테일 것이다. 그래
서 삼백 년이 삼백 살이고 한 살이고 새순이고 바로 지금인 까
닭이다. 흔들림에 대처하는 느티나무의 반응은 상하의 욕망과
반대 방향으로 밀고 당기는 균형 감각이었다. 느티나무가 나이
테를 하나 더 늘리기 위해서는 이와 같은 과정이 끊임없이 이루
어져야 하는 것이다. 올겨울이 지나면 그 나무는 삼백 하나의
나이테를 두를 것이다. 여기에서 시인은 느티나무의 가지가 흔
들리는 현상을 관조하며 자신의 내면에 두른 혹은 인간의 의식/
무의식에 도사린 욕망을 투사시킨다. 느티나무에게 있어서 상
승과 하강의 욕망이란 자연의 법칙에 순응하는 과정이라 할 수
있다. 즉, 태양을 향한 욕망과 중력의 무게로부터 자유로워지고
싶은 그것이다.

인간의 문제로 치환한다면 「옥탑방」에서 적절하게 형상화하였
던, "24평 벼랑의 집에 살기 위해/ 42층 벼랑의 직장으로 출근하
는" 현대인의 삶이 아니겠는가. 달리 말하면, 24평의 아파트에 살
면서 34평으로 옮기는 꿈을 꾸고, 2000cc 중형차를 몰다가 1500cc
소형차로는 내려가지 못하는 우리들이자 "꿈은 이루어진다"를 여
전히 간직한 "희망에 중독된 사람들"(「꽃 피는 경마장」), "꿈의 칠
할이 직장 꿈이라는"(「금란시장」) 바로 지금의 도시인과 같은 것이

다. 이것이 상승의 욕망이라면 하강의 삶이란 무엇일까.

시상 전개에 의하면 경제적 무능력이나 가정 파탄을 의미하는 것 같진 않다. 모든 인간들이 그것들을 욕망하지는 않기 때문이다. 그렇다면 하강의 욕망이란, 고은 식으로 말하면 올라갈 때 보지 못했던 그 꽃을 내려갈 때 보는 것이고, 김수영 식으로 하면 첨단의 노래에 가리운 정지의 미를 발견하는 것이다. 즉, 흔히 말하는 앞만 보고 달려가야 하는 현대인들이 자신이 살아왔던 뒤를, 또는 옆을 돌아보는 성찰의 시간을 필요로 하는 계기라 할 수 있을 것이다. 이 지점에 이르면 시인의 내면과 외면은 상호 교응하며 호응하는 관계에 놓인다.

詩 한 편에 삼만 원이면
너무 박하다 싶다가도
쌀이 두 말인데 생각하면
금방 마음이 따뜻한 밥이 되네

시집 한 권에 삼천 원이면
든 공에 비해 헐하다 싶다가도
국밥이 한 그릇인데
내 시집이 국밥 한 그릇만큼
사람들 가슴을 따뜻하게 덮여줄 수 있을까
생각하면 아직 멀기만 하네

시집이 한 권 팔리면

내게 삼백 원이 돌아온다
박리다 싶다가도
굵은 소금이 한 됫박인데 생각하면
푸른 바다처럼 상할 마음 하나 없네

─「긍정적인 밥」 전문

시인은 자신의 외부에 나타난 현상을 받아들여 호응하면서 교감한다. 시상이 전개될수록 시적 현실은 점층법과 점강법을 묘하게 대구로 이루면서 시적 화자의 내면을 형상화하는 자극이 된다. 따라서 시적 현실이 자극이라면 내면의 정서는 반응이라 할 수 있다. 시 한 편에서 시집 한 권으로 점층하지만 시 한 편에 삼만 원, 시집 한 권에 삼천 원, 시집 한 권당 인세가 삼백 원으로 줄어만 든다. 이러한 시적 현실은 그 값에 대응하는 쌀이 두 말이고, 국밥이 한 그릇이고, 굵은 소금이 한 됫박이다. 여기까지가 시적 화자를 둘러싼 시적 현실일 때 그 주어진 현실에 반응하는 정서적 교감은 맛나게 차려진 한 상의 백반으로 사물화되면서 따뜻함의 정서적 울림과 소금이 지닌 필요충분조건, 바다가 주는 넓은 마음으로 형상화된다.

이와 같은 서술은 일견 작품을 분석하는 모양이니 별로 재미가 없다. 「긍정적인 밥」이 지닌 강점은 시를 분석하는 비평가나 연구자의 시선이 그다지 필요 없을 정도로 간명하게 독자에게 다가간다는 사실이다. 자신이 살아가는 세계와는 별천지의 삶을 살아가는 시인이란 사람들의 은밀한 이야기이니 일단 혹하는 마음이 앞서기도 할 것이다. 시 한 편에 얼마이고 시집 한 권에 얼마를 받고 등등 시인과 서점 그리고 출판사로 이어지는 내밀한 이야기가 거리낌 없이 폭로되니 말이다. 그러나 현명한 독자는 그러한 경제적 구조가 이 작품에서 별반 중요한 시적 의미를 지니지 못함을 알고 있다. 정작 중요한 점은 값으로 매길 수 없는 정서라는 측면이기 때문이다.

어떤 이는 '시인이란 작자가 이러니 가난할 수밖에 없지.'라고 말할 수도 있다. 절망적이지만 동의할 수밖에 없다. 함민복을 일컬어 '자신을 키운 게 팔 할이 가난'이라면 그 팔 할을 구성하는 팔할은 이 작품에서 온전히 드러난다. 그것은 '긍정적인 밥'이다. 달리 말하면, 매사를 긍정적으로 사고하는 의식을 일컬음이다. 비틀어 말하면, 돈에 욕심이 없거나 가난한 삶을 벗어나고자 보통 사람들처럼 발버둥치지 않는다는 말이다. 보통 사람들처럼 살지 않으니 그들 눈에 비친 시인이란 사람들은 별종 아니면 '쑥맥'이 될 수밖에 없는 것이다. 어찌 보면 함민복 시인은 그나마 나은 경제력을 보유하고 있는지도 모른다. 그만큼 이름을 떨치지 못한 무명의 시인들에게는 시 한 편에 삼만 원을 받지 못하고, 자비출판에서 인세로 얼마가 들어온다는 이치가 너무 낯설기 때문이다. 우리나라에서 시를 조금이라도 읽는 독자라면 함민복을 모를 리 없다. 모를 수도 있겠지만 처음으로 그의 시를 읽어도 모두가 공명한다. 그만큼 함민복은 대중적 인지도와 작품의 수준을 모두 챙긴 억세게도 운(?)이 좋은 시인이다. 이러한 중견 시인이 그리도 가난하게 사니 무명 시인들이야 오죽하겠는가.

각설하고, 다시 작품으로 돌아가 보자. 「긍정적인 밥」의 압권은 부정적 현실을 긍정적으로 인식하여 스스로 자신을 가다듬는 자세이다. 이러한 시적 인식은 앞서 서술했던 '흔들림'이란 자극에 '긍정적'으로 반응하는 다양한 삶의 양태이기도 하다. 그러나 그러한 인식을 도출하기까지 그리 쉬워 보이지는 않는다.

> 뜨겁고 깊고
> 단호하게
> 순간순간을 사랑하며
> 소중하다고 생각하는 것들을
> 바로 실천하며 살아야 하는데
> 현실은 딴전
> 딴전이 있어
> 세상이 윤활히 돌아가는 것 같기도 하고
> 초승달로 눈물을 끊어보기도 하지만
> 늘 딴전이어서
> 죽음이 뒤에서 나를 몰고 가는가
> 죽음이 앞에서 나를 잡아당기고 있는가
> 그래도 세계는
> 눈물을 자르는 눈꺼풀처럼
> 단호하고 깊고
> 뜨겁게
> 나를 낳아주고 있으니
> ― 「눈물을 자르는 눈꺼풀처럼」 전문

우리네 삶이나 시인의 그것은 별반 다름이 없다. 모두 흔들리고 흔들리며 살아간다. 그 흔들림에 대한 반응이나 대처하는 자세가 다를 뿐이다. 우리 모두가 뜨겁고 깊고 단호하게 순간순간을 사랑하며 소중하다고 생각하는 것들을 바로 실천하며 살고자 한다. 누군들 그러하지 않겠는가. '나'는 지지리도 궁상을 떨고 있지만 세상은 활기차게 돌아간다. 윤활유를 바른 듯 잘 돌아가는 세상에 나만 그러하지 못한 것 같아 초승달로 눈물을 끊어보기도 하지만 현실은 늘 딴전이다. 죽음이 앞뒤에서 닦달을 해댄다. 내가 살아가는 세상은, 세계는 곤혹스럽고 무섭다. '그래도'. 내가 살아가는 세계는 단호하고 깊게, 뜨겁게 매순간 나를 낳아준다. 눈물을 자르는 눈꺼풀처럼.

「눈물을 자르는 눈꺼풀처럼」은 지독한 역설이다. 그 역설을 가능케 하는 것은 '그래도'이다. '그래도'의 이전과 이후 시상 전개가 판이하게 다르다. 이전이 시적 자아인 '나'의 내면과 상충하는 딴전인 현실이지만 그럼에도 불구하고 그 세계는 지금까지의 '나'를 만들어준 존재로 인식하는 것이 이후이기 때문이다. 이전의 세계는 '나'가 살아가는 삶을 척박하게 만드는 딴전인 현실이다. 나는 세상과의 지독한 괴리감 때문에 죽음을 떠올릴 정도로 힘든 딴전이다. 그러나 이후의 세계로 옮아오면, 그 세계 그 자체가 존재하지 않았다면 눈물을 자르는 눈꺼풀처럼 나를 낳아주지 않았을 것이다.

여기에서 눈물을 자르는 눈꺼풀의 형상을 떠올려 보자. 우리는 눈물을 흘린다. 눈꺼풀은 눈물을 흘릴 때뿐만 아니라 평상시에도 깜빡인다. 오래전부터 우리 입에 내려오는, 눈 깜빡할 사이에, 눈 깜빡할 속도로 등을 떠올려 보자. 눈꺼풀의 깜빡임은 내 의지와 상관이 없다. 잠시 동안만 의지적으로 멈출 수는 있지만 본능적이고 자동적이다. 우리는 그렇게 생겨 먹었다. 그러나 눈물을 흘릴 때는 다르다. 평상시의 깜박임보다 느리고 유연하다. 그러나 필요한 순간 적절한 때엔 깜박인다. 눈물의 양을 조절하고 세상을 바라보는 눈을 보호해준다.

뜨겁고 깊게, 순간을 단호하게 사랑하고, 소중한 그 무엇을 실천하는 삶을 꿈꾸지만 시인의 외부인 현실은 늘 내 마음 같지 않아 딴전을 부린다. 마치 죽음이 나를 밀고 당기며 흔들듯이. 그러나 그래도, 그 늘 딴전인 현실과 흔들리고 흔들리는 그 세계는 시인의 내면으로 들어오는 소리가 되어 가슴을 울리고, 다시 자신의 가슴을 쳐 자신만의 울림으로 변모시켜 세상 밖으로 나아간다. 시인의 종이 자신의 내부 깊숙이 자리한 울림통을 울려 세상으로 소리를 보내듯이. 아래의 시를 읽으며, 시인의 존재성을 지닌 종소리가 울리면 큰 산뿐만 아니라 나도 여러분도 따라 울어 더 멀리 멀리 나아갈 것이다. 그리고 여섯 번째 시집을 기다리며, 또 하나의 새로운 종소리가 어떤 울림으로 다가올지 못내 그리워할 것이다.

암자에서 종이 운다

종소리가 멀리 울려 퍼지는 것은

종이 속으로 울기 때문이라네
외부의 충격에 겉으로 맞서는 소리라면
그것은 종소리가 아닌 쇳소리일 뿐

종은 문득 가슴으로 깨어나
내부로 향하는 소리로 가슴 소리를 내고
그 소리로 다시 가슴을 쳐 울음을 낸다네

그렇게 종이 울면
큰 산도
따라 울어
큰 산도
종이 되어주어

종소리는 멀리 퍼져 나아간다네

—「詩人 2」전문

Ⅱ.

자본주의의 약속,
그 절망과 반란의 글쓰기

– 함민복의 『자본주의의 약속』론

1. 함민복 시의 문제성
2. 의미의 선회 혹은 알레고리적 반란
3. 자본주의의 약속과 질서
4. 근대와 반근대의 경계
5. 절망과 반란, 그 경계적 글쓰기

Ⅱ

1. 함민복 시의 문제성

함민복은 1962년 충주 출생으로 수도전기공업고등학교와 서울예전 문창과를 졸업하고 1988년『세계의 문학』을 통해 등단한 시인이다. 그는 〈21세기 전망〉 동인으로『우울氏의 일일』(세계사, 1990)과『자본주의의 약속』(세계사, 1993),『모든 경계에는 꽃이 핀다』(창작과비평사, 1996)를 상재했다.

함민복이 세 권의 시집을 통해 일관되게 형상화하고 있는 화두는 자본주의이다. 자본주의는 필연적으로 근대의 문제와 연결될 수밖에 없다. 왜냐하면 근대의 화두는 자본주의의 생성·발전과 더불어 이루어진 필연적인 관계이기 때문이다. 따라서 근대와 자본주의의 문제는 두 얼굴을 가진 한몸이기에 각기 따로 사고할 수 없다. 근대 또는 자본주의가 자신의 응집력을 위해 도구화했던 것은 제국주의이다. 초창기 제국주의가 칼과 총을 사용했던 물리적 제국주의였다면 자본주의는 책과 영화 등을 도구적 문화로 활용하는 문화적 제국주의 시대이다. 함민복이 그려내고 있는 자본주의에 대한 문제는 표면적으로 문명 비판의 형식을 차용하고 있지만 심층적으로는 그 이면에 내재한 근대의 이중성에 대한 환유가 놓여 있다. 함민복 시의 문제성이란 바로 이것이다.

함민복이 그려내는 환유는 우리가 의식하지 못하는 은밀한 자본주의의 작동방식이었고, 근대의 이면에 놓인 억압의 사슬에 끌려다녀야 했던 근대인의 초상이었다. 근대인의 초상이란 우리들의 삶이라 할 수 있다. 따라서 본고는 함민복의 『자본주의 약속』에 나타난 근대인의 초상을 그려 가고자 한다. 그러한 작업을 통해 본고는 함민복의 시가 근대적 특성을 어떻게 드러내고 있는가, 그리고 그 근대적 특성을 어떤 시적 특성을 통해 형상화하는가를 추적하는 과정이 될 것이다.

2. 의미의 선회 혹은 알레고리적 반란

함민복의 『자본주의 약속』은 자본주의의 이중성을 문명비판의 시선을 담아 형상화한 시집이다. 자본주의의 이중성이란 근대의 양가성과 맥을 같이하는 것이다. 그것은 억압/해방의 두 얼굴에서 지금까지 후자의 면모만이 강조 또는 유포되어 왔던 반면, 전자의 측면은 소외되거나 금기시되어 왔다. 따라서 자본주의의 억압적 측면을 바라본다는 것은 근대의 부조리성을 고찰한다는 의미를 띠게 된다. 함민복이 자본주의의 제 모순을 형상화하고자 할 때 그의 방식은 의미의 선회이다. 의미의 선회란 직접 토로형이 아닌 일종의 의미론적 우회를 뜻한다. '의미의 선회'에서 '의미'란 시인이 자신의 관점을 형상화한 포에지라 할 때 '선회'는 그 의미를 에두르는 방식을 말한다. 그 방식은 표면적으로는 인물과 행위와 배경 등 통상적인 이야기의 요소들을 다 갖추고 있는 이야기인 동시에, 그 이야기 배후에 정신적, 도덕적, 또는 역사적 의미가 전개되는 뚜렷한 이중 구조를 가진 알레고리[1]와 맥을 같이한다.

> 해질 무렵이었습죠
> 코란도 지프차 타고 인공수정사가 온 것은
> 진달래 붉은 도락산 기슭
> 처음 길러보는 젖소라 화냥년처럼
> 그분을 맞았습죠
> 세수대야와 비누를 대령차
> 그분은 찬송가 테이프를 끄고 하차
> 고삐를 바싹 붙잡아맨 소가
> 내뿜는 콧김, 지푸라기 단내
> 비닐 장갑 낀 그분의 팔뚝이
> 자궁 속으로 어깨까지 들어가자
> 소는 어금니에 침을 물고
> 당구공만 한 눈동자를 끔벅끔벅
> 자궁 속에 넣은 손을 움쩍거리던

---

1) 이상섭, 『문학비평용어사전』, 민음사, 1991, 193면.

그분은 라디오 안테나 같은 기구를 삽입했습죠
　숫놈의 눈동자도 모르는 채
　숫놈의 체취도 못 느껴본 채
　숫놈의 몸무게도 견뎌보지 못한 채
　…쓸 쓸 하 게…
　숫놈에 대한 그리움이 희석되며
소는 성스러운 섹스를 마칩니다

　자 우리들의 성스러운 생일날
　쇠고기 미역국이나 끓여먹읍세다

－「인공수정」 전문

　인간이 만물의 영장이란 명제는 인간 이외의 비인간에 대해 행사하는 폭력을 정당화하는 도구적 기능을 담당한다. 인간의 이름으로 행한 또는 문명의 이름으로 행한 야만과 폭력의 역사는 그것에 의해 합법화되고 질서화된다. 합법화되고 질서화된 담론은 자신의 영역 바깥에 존재하는 것들을 타자화시키는 동력이다. 인용 시는 타자화된 대상을 바라보는 시적 자아의 내면을 형상화한 작품이다. 시적 자아는 냉소적이다. '－습죠', '－세다' 등의 종결형 어미에서 풍기는 냉소적 어투와 자기 비하적 어감은 인간의 시선에서 젖소를 바라보는 연민을 형상화하는 데 기여한다. 암소의 섹스는 암소 자신의 종족 보존 본능을 위한 '성스러운 섹스'가 아니다. '인공수정'을 '인공수정사'가 관장할 때 '인공'은 수소에 대한 암소의 그리움마저 희석시킬 수 있다.

인공이란 자연스럽지 못함 또는 인위적인 상태를 말한다. 그것은 인간중심주의의 바로미터이고 인간을 위한 인간의 폭력을 재생산하는 기제이다. 시적 자아는 코란도·화냥년·찬송가·안테나 같은 기구 등의 계열체를 통해 인공수정사가 몰고 오는 인공의 모습을, 진달래 붉은 도락산 기슭·내뿜는 콧김·지푸레기 단내·자궁·눈동자 등의 계열체가 환기하는 비인공의 모습과 대립시킨다. 이러한 구조는 인공이 비인공을 얼마나 철저히 지배하고 질서화하는가를 보여준다.

예를 들어, 수놈의 눈동자도 체취도 몸무게도 느끼지 못한다고 느끼는 주체는 암소가 아닌 시적 자아이다. 시적 자아는 16행에서 20행까지의 들여쓰기 효과를 통해 암소와 내적 이입을 시도하지만 결국 '쓸쓸하게'라는 시적 자아의 독백으로 머물뿐이다. 그러나 시적 자아의 독백이 중요한 점은 자신이 인간임에도 불구하고 암소의 관점을 견지하려는 의식이다. 그것은 인간의 질서 속에서 살아갈 수밖에 없는 인간 이외의 것들에 대한 연민이기도 하지만 시적 자아를 포함한 인간의 영역이 갖는 폭압성을 효과적으로 드러내기 위한 전략이기도 하다. 이러한 전략의 압권은 마지막 연에서 보여주는 '성스러운 생일날'과 '쇠고기 미역국'을 통한 비유이다. 시적 자아는 '성스러운 생일날'의 성스럽다는 한정사를 통해 인간의 생일날을 만드는 인간의 성과 '쇠고기 미역국'을 만드는 소의 성을 대립시켜 전자의 절대적 우위를 비꼰다.

마치 함민복이 말했던 "돼지가 정상적으로 자라 걱정"[2]이라는 역설처럼 인간은 인간의 관점에서, 돼지 또는 소의 관점을 일방적으로 묵살하거나 값싼 연민으로 전락시킨다. 이와 같은 과정은 인용 시의 표면 구조와 심층 구조를 관통하는 알레고리적 해석을 통해 증폭된다. 표면 구조가 젖소의 인공수정을 묘사하는 것이라면, 인공이 인공적이지 않은 비인공을 얼마만큼 폭력적으로 인공화하는가를 보여주는 것이 심층 구조이다. 인공화를 보여주는 심층 구조의 핵은 인간이 아닌 것들을 인간이 어떻게 인간화시키는가의 문제이다. 표면과 심층의 괴리감 또는 양면성은 표면 의미의 선회 과정을 거쳐 심층 의미에 이르게 하는 해석의 틀이다.

> 눈발이 날렸다
> 세월이 바위처럼 지나가며
>
> 새끼들이 팔려가고
> 새끼들을 죽인 만큼 연장된 命
>
> 얼마나 더 모질어야 하나
> 얼마나 더 비겁해야 하나
>
> 눈시울에 매달려 버둥대는 새끼들
> 짚불에 까맣게 끄슬려지는 하늘

2) 함성호, 「공포의 서정, 환위의 시학」, 『자본주의의 약속』, 세계사, 1994, 134면.

지랄같이 또 봄이 오려나
늙은 개는 쓱쓱 씹두덩을 핥아본다
　　　　　　　　　－「늙은 개－惡의 질서 · 11」 전문

　함민복이 의미의 선회를 통해 보여주고자 하는 것은 인간이
아닌 시선에서 인간의 모습을 바라보는 관점의 달리보기 또는
다르게 생각하기이다. 함민복의 시에서 인간 이외의 것들에 대
한 형상화를 통해 주지하는 것은 인간을 위한 인간이 아닌 것들
의 타자화 과정이다. 인간이 아닌 것들－소, 개, 돼지, 나무－에
대한 알레고리적 해석은 표면적으로 사물의 존재 양상을 그려
내지만 심층적으로는 사물의 관점에서 인간을 그려내는 것이
다. 관점을 바꾼다는 것은 기존의 관점에 대한 변혁이자 반란이
다. '쇠고기미역국'을 위한 젖소의 인공수정은 '눈시울에 매달려
버둥대는 새끼들'이 새봄이 오듯이 팔려가거나 '짚불에 까맣게
끄슬려지'더라도 계속 낳아야만 연장되는 늙은 개의 운명과 다
르지 않다. 또한 "나는 매일 운동을 합니다 다이어트에 실패하
여/ 모돈이 내 몸무게를 견디지 못하면 나의 생은 끝"(「종돈－
돼지의 일생 · 4」)인 종돈의 운명은 "욕망을 으르렁거리며/ 서
로 많이 먹으려다가 빨리 자라고 만"(「DOG재자」) 개들을 사육
하는 '사육자의 정책'에 달려 있다.
　'사육사의 정책'이란 인간의 질서를 의미한다. 그것은 이윤을
추구하는 자본주의의 생리이자 논리이다. 마치 인간이 살아가
기 위해서는 살아있는 다른 생물을 먹어야 살 수 있다는 약육강

식의 논리 그 자체이기도 하다. 약육강식의 논리는 정글의 법칙으로 통용되는 "빼앗기지 않기 위해/ 빼앗아 오기 위"(「자본주의의 게임」)한 자본주의의 게임이다. 그 게임의 법칙을 위반하거나 적응 또는 순응치 못한 경우 그에 대한 처벌은 인간을 위한 제물인 가축의 운명과 다를 바 없다. 가축의 운명과 다를 바 없는 인간의 삶이란 자본주의의 질서 속에서 안주하는 방식을 의미한다. 그 방식에 철저한 자본주의적 인간은 "자연보호운동을 위해/ 자연의 목구멍 속으로 쓰레기를 집어넣는/ 사람들의 모순적 발상에도/ 부처처럼 묵묵부답"(「펭귄」)하게 되고, "잡아 가두었다가 날려보내는 평화, 비둘기 떼"(「1990, 고요한 동방의」)를 보고 환호할 수밖에 없다.

> 이 테레비 없는 후레자식
> 네 테레비가 널 그렇게 가르치디
> 요딴 소리를 듣지 않기 위해서라도
> 지성의 시대는 끝났다 잡성의 시대에
> 테레비가 없다면, 끔직한 상상이지만
> 나는 무엇을 스승으로 삼고 즐거워하고 슬퍼하고
> 간지러움, 강제의 웃음이라도 웃을 수 있겠는가
> ─「오우가─텔레비전·1」에서

"'애비는 테레비였다'라고 발언하는 순간, 그의 시는 한국 현대시사에 편입된다"[3)]는 지적은 식민지 시대로부터 유신독재에 이르는 시기에 끊임없이 아버지의 존재를 재규정해야 했던 아들들의 정체성 혼란이란 맥락과 닿아 있다. 1980년대 이후 소위 386세대의 '아비 찾기'는 이전의 아버지와는 다른 아버지를 맞아야 했다. 그 시기는 산업사회의 본격적인 진입이 가져다준, 이전의 아버지로부터 비롯된 근대화의 가시적 성과를 향유할 수 있었던 때였다. 그들이 다시 찾은 아비는 '지성의 시대'에 존재했던 "애비는 종"(서정주, 「자화상」)이었고 "취해서 널부러진 색시를 업고 들어왔"(신경림, 「아버지의 그늘」)던 "입이 열이라도 말 못"(이성복, 「그해 가을」)하는 아버지가 아닌 "잡성의 시대"를 주관하는 자본주의였고 자본의 논리였다.

따라서 "이 테레비 없는 후레자식"은 애비가 테레비임을 인정하는 동시에 자본주의의 집적체인 테레비가 없거나 아비로 인정하지 않는 반자본 또는 비자본에 대한 강력한 경고성 전언의 역할을 하게 된다. 그러나 그러한 상황을 제시함으로써 형상화되는 현실에 대한 비꼼은 반자본 또는 비자본이 자본에게 향하는 도발의 의미를 그 배면에 깔고 있다. 간과할 수 없는 것은 "가장, 우리 생활의 통솔자 텔레비전"가 화면을 통해 보여주는 현실이다. 그 현실은 자본주의의 약속이 질서화된 우리의 삶 바로 그것이다.

---

3) 이문재, 「애비는 테레비였다 – 서울, 자본주의, 그리고 연꽃 한 송이」, 『문학동네』 1998년 여름호, 353면.

3. 자본주의의 약속과 질서

티브이를 가득 메운 현실은 사방에 널브러진 매스 미디어의 폭력과 다양한 모습으로 자신의 존재를 드러냈던 아버지들의 현현 방식이었다. 다양한 아버지들의 존재 방식은 자본주의의 울타리에 안주하는 산업사회의 꽃이라 불리는 광고였다.

> 광고의 나라에 살고 싶다
> 사랑하는 여자와 더불어
> 아름답고 좋은 것만 가득 찬
> 저기, 자본의 에덴동산, 자본의 무릉도원
> 자본의 서방정토, 자본의 개벽세상—
>
> (중략)
>
> 아아 광고의 나라에 살고 싶다
> 사랑하는 여자와 더불어
> 행복과 희망만 가득 찬
> 절망이 꽃피는, 광고의 나라
>
> —「광고의 나라」에서

인용 시는 광고의 나라/현실의 나라라는 명확한 이중 구조를 보여주는 작품이다. 그 기준은 테레비의 안과 밖이다. 테레비의 안은 아름답고 좋은 것, 행복과 희망만 가득 찬 현실이지만 밖은 그 역이 존재하는 현실의 나라이다. "인간을 먼저 생각하

는 휴먼테크의 아침 역사"와 "제3세대 승용차 엑셀을 타고 보람
차고 알찬 주말을 함께하는 방송을 들으며 출근"한 시적 자아의
일상은 "그의 자신감은 어디서 오는가 패션의 시작 빅맨을 벗고
코스모스표 특수형 콘돔을 끼고 잠자리"에 드는 것으로 하루를
마친다. 그의 일상을 지배하는 것은 테레비의 브라운관이라는
벽이다. 시적 자아는 테레비 밖에 위치해 있지만 그의 일상은
안에서 이루어진다. 「광고의 나라」에서 보여준 이상의 「오감도」
에 대한 패러디는 제1의 아해부터 제13의 아해가 무섭다고 하
는 것을 제1의 더톰보이부터 제13의 피어리스 오베론이 거리를
질주하는 것 이상의 의미를 담고 있다.

이상이 「오감도」를 통해 말하고자 했던 것이 "모든 현대인은
절망한다. 절망은 기교를 낳고, 그 기교 때문에 또 절망한다"는
명제였다면, 13인의 아이들이 거리를 질주하며 무서워하는 것
과 길이 막다른 골목이든 뚫린 골목이든 상관없다는 뚜렷한 이
유없음은 그들이 질주하는 행위가 자신들의 정체 모를 불안과
공포로부터 벗어나려는 필사적인 몸부림이라 할 수 있다. 이를
패러디한 「광고의 나라」의 경우, 인간이 아닌 상호명 또는 브랜
드명이 질주하는 상황으로 대체되고, 막다른 골목과 뚫린 골목
은 on/off로 바뀌지만 정체 모를 불안과 공포로부터 벗어나려는
몸부림은 부재하다. 왜냐하면 광고 속의 현실에 존재하는 수많
은 이미지와 카피들에 의해 광고 밖 시적 자아의 정체성을 부여
받기 때문이다.

광고 밖 현실의 시적 자아를 규정하는 것은 아름답고 좋은

것만 가득차고 행복과 희망만 넘치는 광고 안의 세계이다. 그러나 시적 자아는 마지막 행에서 말하는 "절망이 꽃피는, 광고의 나라"를 통해 앞서 형상화된 수많은 환상과 환영을 절망으로 집중시킨다. 여기에서 부재했던 몸부림은 생성되지만 현대인 ―절망―기교―절망의 고리로부터 자유로울 수 없다. 그러한 고리의 순환은 광고의 나라에 살고 싶다는 욕망으로부터 나온다. 욕망의 영역은 '―이고픈' 것이다. 그것은 사랑하는 여자이고픈 아름답고 좋은 것이고픈 광고 밖의 현실을 광고 속의 현실에 투사하여, 에덴동산과 무릉도원으로 동서양을 진정(?)으로 통일한 자본의 논리임을 밝힌다.

테레비의 안에서 송출하는 허구로서의 이미지는 실체가 되어 테레비 밖에 존재한다. 허구가 실체가 되어 나타나는 광고는 허위 욕망의 계속적 확산인 '자아 속임의 미학'[4]에 기반하는 매체이다. 자아 속임의 미학이란 인간의 자유를 상품―화폐 관계에 기초한 자유로 인식하고, 그 욕망과 욕망의 충족은 바로 타인에 대한 관계를 매개하고 산출하게 되는 광고의 매체적 특성을 일컫는다. 인간을 대상으로 끊임없이 욕망이란 소비의 지표이자 기호를 산출하는 광고의 허구로서의 이미지에 리얼리티를 부여하는 것이 자본의 논리이자 근대의 이중성이라 할 수 있다. 자본의 논리와 근대의 이중성이 갖는 상동성이란 측면은 억압과 해방의 면모를 동시에 내재하고 있기 때문이다. 이러한

---

4) 문선영, 「패러디와 문화비평」, 김준오 편, 『한국 현대시와 패러디』, 현대미학사, 1996, 231면.

점은 테레비의 안과 밖으로 이루어진 이원화된 구조로 나타난다. 왜냐하면 함민복은 테레비 안이 보여주는 해방의 측면과 그것을 욕망하는 테레비 밖의 현실에서 진행되는 억압적 측면을 양가 감각으로 분리시켜 보여주기 때문이다.

> 혹, 언젠가 이곳에 별똥별이 떨어졌고 그를 증언하는 사람들의 이름이 아닐까 또는 별을 연구한 혹은 별을 보며 굳은 맹세를 하고 문화적 독립운동을 한, 반증적으로 문화식민지상태를 인정한, 아니면 대중의 발바닥까지 손바닥으로 핥아주어야 스타가 된다는 상징의, 별 미친 생각이 다 드는데
>
> ─「손바닥을 남긴 사람들」에서

> 썩고 썩어 문드러진 민족의 젖줄 한강
> 아황산가스와 스모그의 하늘
> 시멘트의 식민지가 된 사방의 흙들
> 유람선은 우울하게 물결을 가른다
> 문명의 발달이 물가에서 시작되었듯
> 문명의 종말은 깨끗한 물을 찾아 멸절될 것이다
>
> ─「한강유람선」에서

「손바닥을 남긴 사람들」은 한국영화의 대표적 배우들이 남긴 동銅으로 만든 손바닥 지문을 바라보며 사고하는 내용을 형상화한 시이다. 여러 가지의 '별 미친 생각'이 나열되어 있지만 간과할 수 없는 점은 시적 자아의 의식 저변에 깔려 있는 '별

미치지 않은 생각'이다. 문화적 독립운동을 했다는 측면과 반증적으로 문화 식민지 상태를 인정한다는 인식이 바로 그것이다. 두 가지 인식의 공통 분모는 문화적 제국주의에 기초한 문화적 식민지 서울에 대한 풍경이었다. 「한강유람선」에서 보여주듯, '시멘트의 식민지가 된 사방의 흙'이란 표현을 통해 나타나는 제국주의에 대한 인식은 거대 도시 서울을 표현하는 중심에 대한 은유로 읽을 수 있다.

서울은 스스로 중심이면서 또 다른 중심을 향한 욕망에 젖어 있는 도시이다. 시골/도시는 가난/부의 대조로 윌리엄스가 시골=원주민/도시=제국의 패러다임을 제시한 바[5] 있듯 『자본주의의 약속』 곳곳에서 보여주는 함민복의 시적 발상은 중심과 주변 또는 안과 밖의 대립 구조를 보여준다. 그러한 구조에 놓여진 문제의식은 전자가 후자를 어떻게 억압하고 폭력적으로 질서화하는가 또는 후자가 전자에 대해 갖는 종속성과 식민성은 무엇인가에 있다. 이와 같은 인식을 집중적으로 형상화한 작품이 「양공주」이다.

「양공주」에서 시인이 시어로서 사용한 단어는 '공주·1'과 '공주·2'뿐이지만, 함민복은 많은 말을 사용하지 않으면서 많은 말을 하고 있다. 그는 시의 주된 형상을 각각의 공주로 나누어 두 장의 포스터로 이미지화하여 시각적으로 제시한다. 두 유형의 공주는 판이하게 다른 형상을 자아낸다. 공주·1은 "우리의

---

5) Ramond Williams, *The Country and The City*, Granada, 1975, p.365.

공주 · 1

우리의 딸,
금이는 이렇게 참혹하게 죽어갔습니다.

공주 · 2

난 느껴요, 코카·콜라.
그 언제나 상쾌한 맛·

딸, 금이는 이렇게 참혹하게 죽어갔습니다."라는 제하에 1990년
대 초 전국으로 배포되었던, 주한미군에 의해 참혹하게 살해된
윤금이 씨 살인사건에 대한 대자보 포스터이고, 공주 · 2는 "난
그껴요, 코카 · 콜라. 그 언제나 상쾌한 맛!"이란 광고 카피가 놓
여 있는 코카콜라 광고 포스터이다. 두 공주는 모두 여자이다.
첫 번째 공주가 미군클럽 종업원으로 한국현대사의 음지에 해
당한다면 코카콜라의 상쾌함을 마심으로써 삶의 여유를 즐기
는 듯한 여인들은 두 번째 공주에 해당한다.

먼저 두 공주의 공통점을 들자면 첫째, 시의 제목에서 말하듯
모두 양공주라는 것이다. 양공주란 축자적 의미로 볼 때 서양
나라의 왕의 딸 즉, 서양의 공주란 뜻이지만 한국에서 통용되는
의미는 전혀 다른 것이다. 공주 · 1의 경우, 남한에서 전형적인
의미에서의 양공주 또는 양갈보 혹은 양색시로 비하시켰던 사

회 계층인 반면, 공주·2는 중산층 이상의 계층 의식과 경제적 여유를 누리는 일반의 여성들이다. 그럼에도 불구하고 공주·2에 등장하는 여성이 양공주인 이유는 코카콜라에 있다.

두 번째 공통점인 코카콜라는, "한국 맛의 문화를 정복하라/조선닭—토종이 별로 없고 외국 국적을 갖고 있는 닭이므로 별 죄의식 가질 필요 없음—의 목을 미국식으로 비틀어라 그래야 미국 자본의 아침이 밝아올 것이다"(「켄터키후라이드 치킨 할아버지」)라는 문화적 또는 자본적 제국주의 시대에 걸맞은 다국적 기업의 첨병이다. 공주·1에서 코카콜라는 '자궁에 박혀 있던 콜라병'이었고 '콜라병으로 맞은 앞 얼굴의 함몰 및 과다출혈'이란 사망 원인을 제공한 살인 무기이지만 공주·2의 경우 두 여인의 한가운데에 놓여진 콜라병은 삶의 질과 여유를 느끼게 해주는 식품이었다. 결국 공주·2가 양공주일 수밖에 없는 이유는 문화적 식민지 상황에서 그 상황을 향유하거나 안주하는 식민성에 기인한다.

이와 같은 양공주들을 양산하는 주체는 세 번째 공통점인 미국 또는 그들의 패권주의이다. 세월의 무상함에 잊혀졌던 이름 윤금이는 효선과 미선으로 부활했지만 곧 또다시 세월에 의해 잊힐 이름이라면 코카콜라를 마시는 여성은 그때도 있었고 지금도 있고 미래에도 있을, 우리의 뇌리에 각인된 중심에 대한 욕망의 은유이다. 왜냐하면 공주·1의 주한미군과 공주·2의 다국적 기업 코카콜라는 모두 미국 국적을 가진, 미국인보다도 더 미국인이고픈 한국인의 골수에 박힌 중심의 이미지이기 때문이다.

4. 근대와 반근대의 경계

함민복이 현실의 이중성을 드러내기 위해 사용한 전략은 모방하기이다. 모방은 폭력에 기초한 지배정책과는 달리, 정서적 이데올로기적 영역에서 작동하기 때문에 식민권력과 지식의 가장 교묘하고 효과적인 전략 가운데 하나이다.[6] 그러한 권력은 직접적이지 않고 우회적이며 식민지인의 잠재의식에 파고드는 힘으로, 그들이 행사하는 모든 것이 문화적임을 표나게 표방하는 문명이다. 그 문명을 향한 욕망은 모국어를 사용하지 않는 아비에 대한 열정이었고, 현란한 간판을 모르면 '반체제인사'(「자본주의의 약속」)로 낙인되는 현실에 존재하는 문화적 식민지인의 삶의 방식이었다.

바바에 의하면, 식민적 모방이란 개혁되고 선진으로 인식되는 큰타자에 대한 욕망으로서 여기에서 매혹/반감의 양가감정이 따른다.[7] 따라서 식민적 모방은 식민지인이 식민권력 또는 식민 종주국에 대해 느끼는 매혹/반감의 양가성을 수반할 수밖에 없다. 그것은 함민복이 「양공주」에 형상화하여 효과적으로 제시한 공주·1과 공주·2의 경우처럼, 촛불시위와 원정출산이 동시에 이루어지는 반미와 친미가 얽혀 있는 현실을 지칭한다. 함민복은 현실의 이중성을 모방하여 식민권력이 행사하는 억

---

6) 바트 무어 길버트, 이경원 역, 『탈식민주의! 저항에서 유회로』, 한길사, 2001, 283−284면.
7) Madan Sarup, *Identity, Culture and Postmodern World*, The University of Georgia Press, Athens, 1996, p.169.

압/해방의 양가성과 식민지인의 의식에 잠재된 매혹/반감의 상반된 두 감정을 동시에 되받아쓰고 있다.

마치 "신은 사람의 영혼을 재배한다/신은 사람의 영혼을 먹고 산다"(「밥」)는 신의 양가성과 "저렇게 살아남아야 하는가/저렇게 찌든 삶을 살아가야 하는가"(「나무, 용서할 수 없는 더러운 욕망의 막대그래프 – 악의 질서 · 4」)라는 '신'의 질서에 어쩔 수 없는 자본주의적 인간형의 이중성은 각각의 평행선이 되어 질주하는 '자본주의라는 이름으로 이루어진 문명이라는 전차'이기도 하다. 이러한 두 개의 평행선은 각자 한 축이 되어 자본주의를 이끌고 가는 전차이지만 각각의 축은 만날 수 없다. 왜냐하면 전차의 바퀴가 만나거나 접촉한다면 전차가 앞으로 나아갈 수 없거나 전복되듯이 '신'과 '인간'의 만남 또는 소통은 금기시된다. 그럼에도 불구하고 '신'을 향한 '인간'의 욕망은 끊임없이 바벨탑의 신화를 만들어 신의 권위에 도전하듯 신과 인간의 간극은 점점 좁아져 갔다. 그러나 신이라 불리는 자본주의가 설정한 인간에 대한 금기의 영역은 경계로서의 벽이었다.

　　티브이 속에 티브이가 있다/ 티브이 속의 티브이는 이중화면 티브이다/ 티브이 속의 티브이 바깥에서 티브이 속의 티브이를 보고 있는 女人(엄마?)과 아해(아들?)/ 티브이 속의 티브이 이중화면 중 큰 화면으로 발레 장면을 보고 있을 때 좌측 하단 작은 화면에 헬기 편대가 출현한다/ 티브이 속의 티브이 바깥의 아해는 급히 리모콘을 작동시켜 발레 화면을 지우고 헬기 화면을 확대시킨다/ 티브이 속의 티브이 속 헬기 편대가 요란한 소리로 날아오며 자동화기를 난사한다/ (순간 티브이 속의 티브이 세계와 티브이 속의 티브이 바깥의 공간개념이 해체된다)/ 티브이 속의 티브이 속 헬기가 난사한 총탄이 티브이 속의 티브이 바깥의 책 꽂이에 박히고 실내등을 부수고 유리창을 깬다/ 그러자, 티브이 속의 티브이 바깥에서 티브이 속의 티브이를 보고 있던 아해는 깜짝 놀라 소파 뒤에 몸을 숨긴다/ 잠시후 티브이 속의 티브이 바깥 풍경과 티브이 속의 티브이 풍경이 분리되고/ 겁에 질렸던 아해(아이들 눈은 못 속인다 아이들 눈은 진실되다라는 숨은 의도로서의 아이인듯한)가 눈을 동그랗게 뜨고 방을 한번 휘둘러 본다/ 티브이 속의 티브이 바깥의 책상도, 실내등도, 유리창도 모두 멀쩡하다 이때 티브이 속의 티브이 바깥에서 아해 동정을 주시한 듯 女人이 실감나게 웃어제낄 때 기다렸다는 듯 자막과 함께 깔리는 멘트/ 대형 티브이의 명작, 엑셀런트 씨네마 티브이—

> 실감한다, 허구의 세계가 또 하나의 허구의 세계를 만들어
> 두 세계의 벽 허물기를 통해
> 허구와 실제의 벽 허물기 체험을 무의식에
> 강요하고 있는 산업사회의 무서운 꽃 광고를, 나는
> 보기 싫어 리모컨을 누르다 경악한다, 이미 허물어진 벽.
> 티브이가 리모컨이 되어 내 머리통을 작동시키고 있었구나.
> —「엑셀런트 시네마 티브이·2」 전문

인용 시는 신이라 불리는 자본주의가 만든 경계로서의 벽, 텔레비전의 브라운관을 경계로 이루어지는 화면의 안과 밖을 형상화한 작품이다. 티브이를 보고 있는 시적 자아는 티브이

속의 티브이 상황과 티브이 속의 티브이 밖의 상황을 화면이라는 벽을 통해 바라본다. '엑셀언트 씨네마 티브이'의 광고는 다중의 벽을 등장시켜 실감나는 시각과 청각을 이용하여 시적 자아를 혼란케 한다. 다중의 벽이란 티브이 속의 티브이 속 화면과 티브이 속의 화면 사이에 놓여있는 제1의 벽과 티브이 속의 화면과 시적 자아가 보고 있는 화면 사이의 제2의 벽으로 이루어진다. 제1의 벽은 티브이 속의 티브이 화면 속에 등장한 발레와 헬기편대가 등장하는 화면과 아해·여인의 사이에 놓인 경계이다. 제2의 벽은 제1의 벽을 보여주는 티브이 화면과 시적 자아 사이를 가르는 경계이다. 제1의 벽이 허구의 경계라면 제2의 벽은 실제의 경계다.

제1의 벽과 제2의 벽은 허구와 실제로 이루어져 있다. 허구의 세계를 묘사한 첫 번째 연과 실제의 세계에 존재하는 시적 자아의 내면을 형상화한 두 번째 연은 시의 형식적 측면에서 각 연의 사이에 내재한 보이지 않는 경계를 보여준다. 첫 번째 연과 두 번째 연의 경계는 허구의 세계와 실제의 세계를 경계함으로써 티브이 안과 밖을 구조화시킨다. 그러나 "대형 티브이의 명작, 엑셀런트 씨네마 티브이―"라는 티브이 안의 멘트와 함께 실감하는 "허구의 세계가 또 하나의 허구의 세계를 만들어/ 두 세계의 벽 허물기" 체험은 "티브이가 리모컨이 되어 내 머리통을 작동시키고 있"다는 의식을 통해 각각의 경계가 소멸되면서 확장된다. 소멸되면서 확장된 경계는 제1의 벽이다. 다시 말해, 소멸된 경계는 제2의 벽이고 확장된 경계는 제1

의 벽이다.

이와 같은 이중의 구조는 「엑셀런트 시네마 티브이 · 1」에서
도 반복된다. 「엑셀런트 시네마 티브이 · 1」는 앵무새와 독수리
를 등장시킨 티브이 속의 티브이 속 제1의 벽과 티브이 화면과
실제의 경계인 제2의 벽으로 나타난다.

> 그렇다 매스컴의 화려한 유혹은 시청자인 나를 티브이 속의
> 세계로 유혹한다 하여 내가 매스컴 속에 깊이 빨려들어갔을 때
> 매스컴 속에 깊이 잠식되었음을 깨닫고 바깥으로 나오려고 할
> 때 매스컴은 나를 가둔 채 OFF할 것이다
> —「엑셀런트 시네마 티브이 · 1」에서

> (이제 나는 그녀의 사랑을 받을지도 모른다
> 그러나 내가 아는 그녀는 온통 허구뿐
> 몇 편의 드라마와 광고와 영화 속에서
> 그녀가 살아가는 허구를 보았을 뿐
> 허구의 융합체인 그녀를 사랑한다는 것은
> 얼마나 놀라운 허구인가)
> —「자본주의의 사랑」에서

소멸되면서 확장된 제1의 벽은 자신의 영역에 너무 깊이 들
어온 제2의 벽을 삼켜 버린다. 신이라 불리는 자본주의가 창조
한 제1의 벽인 허구의 세계는 매스컴이란 허구 속에 깊이 잠식
되었음을 알아차린 실제의 세계를 허구화한다. 마치, 그것은 신

이 사람의 영혼을 재배하여 일용할 양식으로 먹듯이, 혹은 자본주의 또는 근대가 억압/해방의 양가성을 식민지인의 반감/유혹의 양가감정에 은밀히 작동하여 자신의 영역을 확장하는 원리이다. 그러한 원리는 「자본주의의 사랑」에서 나타나듯 "친구의 방에서 아주 우연히 그녀와 함께/ 요플레를 먹게 된 것"을 매스미디어 시대에 이루어지는 진정(?)한 사랑이라 믿게 만든다. 티브이 속의 그녀와 나의 공감대를 형성하는 것이 '요플레' 광고였고, 그로 인해 광고 속의 그녀와 나의 사랑은 "범상치 않은 정황, 전생의 인연을 들먹"일 만큼 절대적인 것이다. 따라서 자본주의 시대의 사랑법은 "허구와 실제의 벽 허물기 체험을 무의식에/ 강요하고 있는 산업사회의 무서운 꽃 광고"를 통해 다가온다.

간과할 수 없는 점은 시적 자아가 그러한 자본 또는 근대의 논리를 어떻게 의식하는가이다. 티브이 속의 제1의 벽으로 끌리는 유혹, 허구와 실제의 벽 허물기 체험을 강요하는 광고에 대한 무서움과 공포, 허구의 집적체인 그녀를 사랑한다는 자체가 얼마나 놀라운 허구인가를 깨닫는 통찰, 그럼에도 불구하고 우리 시대의 유일한 대화 창구로서의 미디어를 인식할 수밖에 없다는 절망 등이 그것이다. 이러한 복잡한 관념을 형성케 한 근본적인 동력은 "지구를 권태의 세계로 돌리자니 문명의 가속이 너무 빠르고 브레이크가 파열된지도 오래고"(「푸르른 나무숲은 더러운 산소통을 싸고-〈시작노트〉」)에서 나타나는 근대의 속도이다. 그것은 끊임없이 산업화된 도시의 공포를 전제로 하는, "나와는 상관없이 공룡처럼 거대해진 문명과 그 문명의 걷잡을 수 없는 속도에 기인한다."[8]

5. 절망과 반란, 그 경계적 글쓰기

제1의 벽과 제2의 벽을 가로지르는 경계 허물기의 동력인 근대의 속도는 티브이 속 허구의 세계로 끌어들이는 매혹이었고, 제1의 벽에 감금당한 제2의 벽이 갖는 저항의 대상이었다. 매혹/반감 또는 해방/억압의 순환 고리는, 근대의 속도가 '더 빨리, 더 높이, 더 멀리'의 슬로건이듯 근대의 적자인 자본의 미디어 시대를 통해 "좀더 새로운 것 좀더 새로운 것에 미쳐가"(「뉴스에 중독된 사내」)야 하는 끊임없이 재생산되는 구조이다. 그 고리의 경계에 놓인 시적 자아가 선택할 수 있는 것은, 김수영이 근대의 속도를 따라가면서 인식했던 너무도 많은 첨단의 노래 속에서 등한히 했던 정지의 미에 대한 천착이었듯[9], 함민복은 문명의 가속도 제단에 놓일 수 없는 혹은 자본의 미디어 시대에 중독되지 않은 것에 대한 추구였다.

> 어쩌다가 종합병원처럼
> 한쪽 귀먹고 한쪽 눈멀더니 척추까지 다쳐
> 孟母처럼 나를 깨우친다. 육체의 설법.

---

8) 함성호, 앞의 글, 142면.
9) 노용무, 「김수영 시에 나타난 속도의 의미」, 국어국문학회, 『국어국문학』 131호, 2002. 9. 참조.

어머니 고통만큼 나는 어머니가 되고
당신 눈동자 파먹으며 살아온 세월
당신 귀 때려막으며 살아온 세월
당신 척추 시큰 매달려 살아온 세월
당신 더 뜯어먹고 싶어 당신 살리고 싶은 밤
당신 죽으면 당신 속의 내가 죽고
외롭게. 내 속의 당신만 살아.
물 소리. 문이 열리고.

― 「위험한 수업」에서

함민복은 근대의 속도와 매스 미디어의 무차별적 폭력을 벗어나기 위한 비상구를 모색해야 했다. 그가 찾은 비상구는 '육체의 설법'이었다. '육체의 설법'은 근대의 빠른 속도에 비해 정지한 듯 더딘 시간을 필요로 하는 전근대적인 것이다. 또한 그의 전생애에 걸쳐 따라다녔던 가난과 그에 얽혀 있는 가족사와 관련되는 문제이기도 하다. 맹자의 어머니처럼 시적 자아를 깨우친 '육체의 설법'이란 "한쪽 귀먹고 한쪽 눈멀더니 척추까지 다"친 어머니의 육체의 언어이다. 시적 자아가 어머니의 몸속에 육화된 언어를 인식하는 데는 많은 시간이 필요치 않는다. 병원에 입원한 어머니의 소변을 돕는 짧은 과정에서 느끼는 회한은 시적 자아의 전생애에 대한 간략한 스케치이지만, 자본주의의 질서하에서 처절하게 겪어야 했던 가난의 가족사는 "당신 눈동자 파먹으럄 살아온 세월/ 당신 귀 때려막으며 살아온 세월/ 당신 척추 시큰 매달려 살아온 세월"이라고 말할 때 지난

시절의 정밀화가 된다. 그 그림은 "손에 손가락을 내리친 가난" 때문에 "빚쟁이들이 트럭을 붙들어 늦고 지친 이사/ 비온 다음날의 참깨꽃처럼 힘없이 떠나는/ 고향"(「붉은 겨울, 1986」)이었고, 가는귀먹어 "소 귀에 경을 읽어주"시는 어머니가 "내 슬픔이 맑게 깨어나"(「어머니가 나를 깨어나게 한다」)게 하는 풍경이다.

그러한 풍경 속의 '우울씨'는 자본주의의 하늘이 시리도록 맑게 갠 서울의 천박성과 물질성에 반란을 기도하지만, 자본주의의 양면성(희망/절망)과 근대의 이중성(해방/억압)을 아무런 의심의 여지없이 한 면만을 받아들여야 하는 근대인 또는 문화적 식민지인들의 양가감각(욕망/저항)에 놓여 있다. 그러나 욕망하고 저항해야 하는 경계엔 늘 어머니가 있었다. '우울씨'의 우울증은 바로 어머니의 온몸에 묻어나는 가난이라는 원체험에 기반하는 정신병이다. 그 가난의 가족사를 감싸고 있는 자본주의는 가난을 생성케 한 원동력이자 저항해야 할 대상이기도 하다. 따라서 우울씨의 욕망과 저항의 경계적 글쓰기는 항상 욕망과 저항의 경계에 머무를 수밖에 없다.

경계적 글쓰기가 가난을 벗어나기 위한 욕망과, 그 이면에 놓인 절망과 억압의 베일을 벗겨내야 하는 저항 사이에 놓여진 경계를 담보로 이루어지는 것일 때, 가장 효과적인 형상화 방식은 어느 한쪽으로 치우치지 않고 자본의 현실을 있는 그대로 그려내는 방법일 것이다. 있는 그대로의 진실/현실에 가면을 씌워 제시하면 독자가 가면을 벗기고 그 현실/진실을 확인해야 한다.10) 여기에서 우울씨가 자신의 목소리를 최소화하면서 보여주는 근대인의 초상은 그의 시를 읽는 독자 바로 그 자신의 현실로 이루어진 풍경화일 것이다.

---

10) 전정구, 「진실의 가면」, 『약속없는 시대의 글쓰기』, 시와시학사, 1995, 112면.

Ⅲ.

뻘의 상상력과
근대성에 대한 사유

– 함민복의 『뻘에 말뚝 박는 법』을 중심으로

1. 서론 —

2. 「뻘에 말뚝 박는 법」의 대화적 상상력 —

3. 수직적 상상력의 구조-수직으로 뻘에 말뚝 박기 —

4. 수평적 상상력의 구조-수평으로 뻘에 말뚝 박기 —

5. 결론 —

1. 서론

함민복은 1988년 『세계의 문학』을 통해 등단한 시인이다. 그는 1962년 충주 출생으로 수도전기공업고등학교와 서울예전 문창과를 졸업했다. '21세기 전망' 동인으로 활동하고 있는 함민복은 시집으로 『우울氏의 一日』(세계사, 1990)과 『자본주의의 약속』(세계사, 1993), 『모든 경계에는 꽃이 핀다』(창작과비평사, 1996)를 상재했다.

함민복과 그의 시에 대한 논의는 시집의 발문이나 월평 또는 시인론의 형식으로 이루어졌다. 이경호는 우리들이 의사소통 부재의 질병을 앓고 있는 환자라는 사실을 「우울씨의 일일」이라는 연작시편을 들어 〈념〉의 사회적인 소통이 단절되어 〈잡념〉의 밀폐된 공간 속에 은거하고 있는 현대인의 소외된 삶의 모습을 그려내고 있다고 보았다.[1] 함성호는 의미의 반란을 꿈

---

1) 이경호, 「텔레비전 속의 현실과 우울증의 나르시시즘」, 『우울氏의 一日』, 세계사,

꾸는 환위의 기법과 언어유희, 그리고 산업화된 도시의 공포를 들어 자본주의라는 이름으로 이루어진 문명이라는 전차에 대한 비판적 관점을 함민복이 견지하고 있음을 주지한다.[2] 차창룡은 함민복의 첫 번째와 두 번째 시집을 자조와 부정의 정신이라 요약하고, 세 번째 시집인 『모든 경계에는 꽃이 핀다』의 경우, 함민복 시의 기본 정조라 할 수 있는 가난의 정서를 최대한의 가능성으로 보여준 '가난시' 영역으로 설명하여 인간의 보편적인 사랑 또는 그리움으로 확장한다고 보았다.[3]

함민복의 전체 시편을 중심으로 하는 함민복론은 문학잡지의 시인론과 본격적인 평론을 통해 이루어졌다. 먼저 이문재는 '애비는 테레비였다'라는 발언을 주목함으로써 한국 현대시사에서 중요하게 언급되는 '아비찾기' 모티프와 그의 시에 지속적으로 나타나는 가난과 자본주의의 문제를 가족사와 연계하여 설명한다.[4] 전정구는 함민복의 시쓰기가 현실을 비판하거나 그 대안을 찾는 데 있는 것이 아닌 현실 그대로를 전달하는 것에 있음을 주지하고, 환멸의 세계, 고통의 현실 속에서 '진실을 호도하는' 가면의 탈을 쓴 반어를 통해 독자의 생생한 현실을 환기한다고 보았다.[5] 이외에 함민복에 대한 글은 단평적인 언

1990.
2) 함성호, 「공포의 서정, 환위의 시학」, 『자본주의의 약속』, 세계사, 1993.
3) 차창룡, 「달빛과 그림자의 경계에 서서」, 『모든 경계에는 꽃이 핀다』, 창작과비평사, 1996.
4) 이문재, 「애비는 테레비였다 – 서울, 자본주의, 그리고 연꽃 한 송이」, 『문학동네』 1998년 여름호.
5) 전정구, 「진실의 가면」, 『약속없는 시대의 글쓰기』, 시와시학사, 1995.

급6)이거나 신작시 소개글7) 등이 있다.

　이러한 논의의 연장선상에서 본고는 근작시인 「뼐에 말뚝 박는 법」을 함민복의 전체 시편과 연계하여 분석하고자 한다. 이에 본고는 「뼐에 말뚝 박는 법」에 대한 구체적인 분석과 아울러 함민복의 전체 작품과의 상호텍스트성을 면밀하게 고찰하고자 한다. 이러한 작업은 함민복의 근작시를 통해 이전의 시집 수록본 시편들과의 관련 양상을 밝히는 과정이며, 함민복과 그의 시를 보다 면밀하고 총체적인 접근을 도모하는 데 의의를 둔다.

2. 「뼐에 말뚝 박는 법」의 대화적 상상력

　본고가 「뼐에 말뚝 박는 법」을 분석 대상으로 선정한 이유는 첫째, 함민복과 그의 시에 대한 본격적인 연구가 미비하다는 점, 둘째, 그 시가 함민복의 전체 시편에 드러난 문제의식을 함축하고 있다는 점, 셋째, 함민복이 끊임없이 형상화했던 자본주의에 대한 화두가 여전히 진행형이라는 관점에서 세 권의 시집 후에 나온 최근의 시이기 때문이다. 「뼐에 말뚝 박는 법」은 3연 17행으로 이루어진 시이다. 먼저 시 전문을 보자.

---

6) 오세영, 「이미지리의 직조 – 정해종, 함민복, 이인순」, 『변혁기의 한국 현대시』, 새미, 1996.
　문선영, 「패러디와 문화비평」, 김준오 편, 『한국 현대시와 패러디』, 현대미학사, 1996.
　백인덕, 「90년대 시에 나타난 서정 인식의 변모 양상」, 한국언어문화학회, 『한국언어문화』 18집, 2000.
7) 이경수, 「뼐의 상상력과 시의 운명」, 『시안』, 2001년 가을호.

뻘에 말뚝을 박으려면
긴 정치망 말이나 김 말도
짧은 새우 그물 말이나 큰 말 잡아 줄 호롱 말도
말뚝을 잡고 손으로 또는 발로
좌우로 또는 앞뒤로 흔들어야 한다
힘으로 내리 박는 것이 아니라
흔들다보면 뻘이 물러지고 물기에 젖어
뻘이 말뚝을 품어 제 몸으로 빨아 들일 때까지
좌우로 또는 앞뒤로 열심히 흔들어야 한다
뻘이 말뚝을 빨아들여 점점 빨리 깊이 빨아주어
정말 외설스럽다는 느낌이 올 때까지
흔들어주어야 한다

수평이 수직을 세워

그물 가지를 걸고
물고기 열매를 주렁주렁 매달 상상을 하며
좌우로 또는 앞뒤로
흔들며 지그시 눌러주기만 하면 된다
                          ─「뻘에 말뚝 박는 법」8) 전문

　함민복이 세 권의 시집을 통해 일관되게 형상화하고 있는 화
두는 자본주의이다. 자본주의는 필연적으로 근대의 문제와 연

---

8) 『시안』, 2001년 가을호.

결될 수밖에 없다. 왜냐하면 근대의 화두는 자본주의의 생성·발전과 더불어 이루어진 필연적인 관계이기 때문이다. 따라서 근대와 자본주의의 문제는 두 얼굴을 가진 한몸이기에 각기 따로 사고할 수 없다. 근대 또는 자본주의가 자신의 응집력을 위해 도구화했던 것은 제국주의이다. 초창기 제국주의가 칼과 총을 사용했던 물리적 제국주의였다면 자본주의는 책과 영화 등을 도구적 문화로 활용하는 문화적 제국주의 시대이다. 함민복이 그려내고 있는 자본주의에 대한 문제는 표면적으로 문명 비판의 형식을 차용하고 있지만 심층적으로는 그 이면에 내재한 근대의 이중성에 대한 환유가 놓여 있다.

함민복이 그려내는 환유는 우리가 의식하지 못하는 은밀한 자본주의의 작동방식이었고, 근대의 이면에 놓여진 억압의 사슬에 끌려다녀야 했던 근대인의 초상이었다. 근대인의 초상이란 우리들의 삶이었고, 함민복이 자신의 시작 여정을 통해 보여주고자 했던 자본주의와 그에 얽힌 인간의 삶에 대한 풍경이었다.[9] 이러한 관점을 염두에 두고서 인용 시에서 본고가 주목하는 것은 수평이 수직을 세우는 논리이다.

과연 수평이 수직을 어떻게 세울 수 있는가. 수평적 사고와 수직적 사고의 변별성 또는 수평과 수직의 교차점은 무엇이고 그것의 변증적 통합이란 가능할 것인가. 이러한 의문은 본고가 함민복의 시를 읽어가면서 느꼈던 자본주의의 약속과 질서 혹

---

9) 노용무, 「자본주의의 약속, 그 절망과 반란의 글쓰기 –함민복의 『자본주의의 약속』론」, 한국문학이론과비평학회, 『한국문학이론과 비평』 18집, 2003. 3. 참조.

은 그것들로부터 파생한 가난과 질곡의 역사 등을 아우를 수 있는 거대 담론이 필연적으로 존재할 수밖에 없다는 생각 때문이다. 그것은 수평과 수직이라는 보편적이고 일반적인 논리였다. 일반적으로 알 수 있는 거대한 보편성의 힘과 그 논리, 그 속에서 안주할 수밖에 없는 근대인의 초상은 바로 우리의 삶이다.

우리의 삶이란, 또는 우리의 낯설지 않은 풍경이란 뻘에 말뚝을 박을 때 힘으로 내리박는 것이다. 박는 것(말뚝)이 박히는 것(뻘)보다도 단단하여야만 하고 그것이 성립될 때 힘이 가해져 '박힌다'가 된다. 즉, 강한 것이 자신보다 약한 것을 찾아 힘을 가하는 것이다. 그리고 실험을 하고 시행착오를 거쳐 법이 된다. 그 법은 관습이 되어 공고해진다. 관습은 자신의 영역에 침입하려는 비관습의 개체를 광기로 규정한다. 푸코가 말한 바 유럽의 역사가 광기의 역사였다면 우리의 그것도 자유롭지 못하다. 왜냐하면 광기의 역사는 곧 근대의 역사였고, 우리의 역사 역시 근대의 자장권에서 벗어날 수 없기 때문이다.

그러나 뻘의 살가운 풍경은 '박힌다'가 아닌 '박히어진다'로 변모시키는 힘이 있다. 그 힘은 강한 것, 실험, 법, 관습의 둘레를 거부한다. 그 거부하는 방식이란 '뻘에 말뚝 박는 법'을 의미한다. 그것은 뻘에서만큼은 근대의 논리와 인간의 법이 전면적이지 않다는 뜻이다. 왜냐하면 근대의 논리와 인간의 법만을 맹신하고서 그것으로 말뚝을 박으려 한다면 힘센 바보이기 때문이다. 또한 "흔들다보면 뻘이 물러지고 물기에 젖어/ 뻘이 말뚝을 품어 제 몸으로 빨아 들일 때까지/ 좌우로 또는 앞뒤로 열심히 흔들어야” 하는 수평의 논리를 모르는 까닭이기도 하다. 여기에서 박는 것과 박히는 것의 변이, 즉 뻘에 말뚝을 박는 주체의 전이가 나타난다.

수직으로 수평을 향해 힘을 가할 때 그 주체는 수직이지만 뻘의 경우, 수직으로 물리적인 힘을 가해야만 박히는 것이 아닌, 앞뒤로 지그시 흔들어야 하는 수평으로 바뀌게 된다. 더 정확히는 앞뒤로 또는 좌우로 흔드는 수평적 행위가 가미된 수직적 행위와 “뻘이 말뚝을 빨아들여 점점 빨리 깊이 빨아주”는 수직적 행위가 가미된 수평적 행위의 변증적 합일 상태라 할 수 있다. 그것이 “수평이 수직을 세워”의 논리이다. 수평이 수직을 세우는 논리란 관계의 법을 의미한다. 그것은 어느 하나도 일방적이지 않고 쌍방이 엮여 하나로 나아가는 관계이고 수평과 수직이 따로 놀지 않고 “정말 외설스럽다는 느낌”이 들 정도로 합체된 상태이다.

간과할 수 없는 것은 그러한 상태를 인식하는 시적 자아의 인식이다. 그것은 수직과 수평의 거대담론을 외설스럽다는 느낌과 더불어 형상화했던, 마치 두 마리의 토끼를 쫓는 형국이다. 그러나 어느 하나에도 침몰하지 않고 완벽한 평형을 유지하는 힘은 첫째, 표면구조와 심층구조로 이원화되어 통상적인 이야기의 배면에 깔린 정신적 · 도덕적 · 역사적 의미를 형상화하는 알레고리적 방식과 둘째, 그로 인해 파생되는 의미의 함축 및 애매성이다. 「뻘에 말뚝 박는 법」의 표면구조는 뻘에 말뚝을 박을 때 갯마을 사람들의 행동방식이지만 심층구조는 수직적 방식과 수평적 방식에 인간의 역사나 삶의 방식을 감추고 있다. 또한 뻘에 말뚝을 박는 행위와 인간의 성행위를 관련시켜 연상시키는 직접적인 시어를 도출시켜 삼중의 층위를 형성하기도 한다.

이러한 표면과 심층구조의 괴리는 표면구조의 다양한 형상화 방식에 비례하여 표면구조가 내포하는 함축성과 애매성이 증가하는 동력으로 작용한다. 예를 들어, 이 시를 읽는 독자는 뻘에 말뚝을 박으려는 갯벌 양식장 사람들의 모습과 그 형상화 과정에서 외설스레 대두된 표현을 통해 남녀의 성행위를 연상 작용을 통해 이미지화하게 된다. 그러나 독자는 항상 표면구조에 머무르지 않는다. 왜냐하면 독자는 끊임없이 작가의 심중을 추적하고자 하여, 이를 해소하기 위해 표면구조에서 심층구조로의 해석의 길에 들어 갈 수밖에 없기 때문이다.

뻘에 말뚝을 박는 방식인 수직적 방식과 수평적 방식 그리고 외설스런 묘사의 공통점은 무엇과 무엇의 관련성에 대한 관계의 시학이라 할 수 있다. 결국 뻘에 말뚝을 박는 법이란 힘으로 박는 것이 아닌 뻘이 말뚝을 받아들이는 방식이고, 뻘과 말뚝의 대화적 관계를 의미한다. 왜냐하면, 그것은 결국 다른 두 세계가 대화하는 "사랑의 행위이자 소통의 행위"[10]이기 때문이다.

말랑말랑한 흙이 말랑말랑 발을 잡아준다
말랑말랑한 흙이 말랑말랑 가는 길을 잡아준다

10) 이경수, 앞의 글, 233면.

말랑말랑한 힘
말랑말랑한 힘

―「뻘」 전문

　인용 시에서 주지하는 '말랑말랑한 힘'은, 힘으로 내리박는
수직적 방식이 전면적으로 통용되지 않는 뻘이 수직과 수평의
대화를 통해 수직을 받아들이는 힘을 의미한다. 그 힘은 수직
의 논리에 의해 배제되거나 소외되었던 수평의 논리를 복원시
키고, 잊혀 가는 수평의 존재를 확인하는 지난한 과정에 드리
운 자기 정체성에 대한 성찰이다. 그 힘으로써의 성찰이란 수
직적 근대의 억압/해방의 이중성을 확인하는 자리이자 수평적
뻘이 함축하는 대안적 근대 또는 근대성에 대한 탐색 과정이라
할 수 있다. 서로 다른 두 세계인 뻘과 말뚝이 정말 외설스런
느낌이 들 정도로 관계할 때 시인이 또는 우리들이 할 수 있는
것은 사랑과 소통의 행위 뒤에 따르는 '열매'를 상상하기만 하
면 된다.

　"그물 가지를 걸고/ 물고기 열매를 주렁주렁 매달 상상을 하
며/ 좌우로 또는 앞뒤로/ 흔들며 지그시 눌러주기만 하면 된다"
에서 나타나듯이, 인간 또는 근대의 논리에 의해서 인식하는
것이 아닌 자연의 질서 혹은 뻘밭에서 살아가는 사람들의 체험
을 통해 감득된다는 사실이 인간의 정서 속에 녹아 있는 관계의
법을 부활시켜 이 시를 더욱 아름답게 하는 것이다.

　「뻘에 말뚝 박는 법」은 뻘이 아닌 곳에서 말뚝을 박는 법이

수직적 방식이었다면 그 방식을 거부하는 수평적 방식을 "수평이 수직을 세워"로 형상화한 시이다. 이러한 형상화 과정에서 중요한 것은 수직적 사고와 수평적 사고의 대립과 두 사고의 관계를 중심으로 화해를 지향하는 의식이다. 따라서 그 의식을 고찰하기 위한 작업은 뻘에 수직으로 말뚝을 박는 방식과 수평으로 박는 방식에 대한 사고를 함민복의 전체 작품과의 상호텍스트성 속에서 어떻게 변주되고 변용되는가를 면밀히 추적하는 과정이 될 것이다.

3. 수직적 상상력의 구조－수직으로 뻘에 말뚝 박기

서양에서 대두된 근대성의 이념은 18세기에 발생한 계몽주의운동으로 표현된다. 계몽주의운동의 핵심 사상은 세 가지 특징으로 압축할 수 있다.[11] 첫째, 이성의 능력에 대한 믿음. 둘째, 자연관에 대한 변화. 셋째, 진보에 대한 믿음이다. 근대성은 데카르트와 칸트에서 시작된 계몽과 이성의 철학적 근거를 통해, 프랑스혁명과 산업혁명을 거치면서 봉건적 이데올로기로부터의 인간 해방을 내포한 개념이다.

이와 같은 개념은 봉건적 질서 속에서 개인의 자유와 신체의 구속을 강요당해야 했던 농노적 상태의 인간에게 하나의 구원으로 작용한다. 이후 근대성은 자연을 지배와 이용 대상으로 파악하는 인간중심주의, 제도화와 표준화, 중앙집권화, 자본주

---

11) 윤평중, 『푸코와 하버마스를 넘어서』, 교보문고, 1990, 25－32면.

의와 접목한 다윈이즘 등을 포괄하는 근대의 조건으로 나타난다. 서구는 이러한 근대성을 중심으로 국민국가를 건설했고 근대과학을 발전시켰다. 그러나 그들의 핵심담론이라 할 수 있는 인간중심주의는 역설적으로 인간성 상실과 생태계 파괴를 불러 일으켰고, 서구와 북미 이외의 지역에 존재하던 제3세계의 다양한 문명과 문화를 그 뿌리에서부터 위협했다.

> 자연에서 가장 멀리
> 도망친 것들의 잔치
> 利의 극점
>
> — 「대전 엑스포」에서

> 해질 무렵이었습죠
> 코란도 지프차 타고 인공수정사가 온 것은
> 진달래 붉은 도락산 기슭
> 처음 길러보는 젖소라 화냥년처럼
> 그분을 맞았습죠
>
> — 「인공수정」에서

「대전 엑스포」는 첨단 또는 진보의 상징인 '엑스포'를 '利의 극점'으로 비꼰다. '利'란 이윤 또는 잉여 소득 그리고 자본의 축적을 함축하고, '극점'이란 利를 가장 높게, 많이, 빨리 성취하려는 정점 또는 한계 상황을 의미한다. 따라서 엑스포는 이윤 추구를 위한 자본주의의 첨병 역할을 자임하는 것이고, 첨단과 진보의 가면을 쓰기 위해서는 "자연에서 가장 멀리/ 도망친 것들의 잔치"일 수밖에 없다. 여기에서 '자연'이란 축자적으로는 인위적이거나 인공적이지 않은 일체의 상태를 의미하지만 인간을 위한 인간중심주의를 내포했던 근대성의 이념으로 인해 인간성 상실과 생태계 파괴를 경험해야 했던 제3세계를 함축한다. 제3세계는 근대성의 진원지인 서구 외에 비서구 지역에 존재하던 인공적이지 않은 자연의 모습이었고, 그들의 다양한 문명과 문화를 그 뿌리에서부터 위협당했던 타자였다. 따라서 그들은 인공의 집적체인 '인공수정사'를 '화냥년'처럼 맞을 수밖에 없었다.

인간이 만물의 영장이란 명제는 인간 이외의 비인간에 대해 행사하는 폭력을 정당화하는 도구적 기능을 담당한다. '인공수정'이란 인간의 영역 내에서 규정된 명명으로 행한 자본의 논리이다. 그 논리의 영역에 놓여있는 비인공인 암소는 종족보존을 위한 본능으로써의 섹스를 생략한 채, 인공적인 "안테나 같은 기구"를 통해 "숫놈의 눈동자도, 체취도, 몸무게도" 느껴보지 못하고 "숫놈에 대한 그리움마저 희석"되는 "성스러운 섹스"를 당해야만 한다. 그것은 문명의 이름으로 행한 야만과 폭력의 역사에 대한 은유이자 근대의 이중성에 대한 반추이다. 근대 또는 문명의 역사에 의해 합법화되고 질서화된 담론은 자신의 영역 바깥에 존재하는 것들을 타자화시키는 동력이었다.

정체성의 뿌리에서부터 흔들기, 이것이 근대의 역사였고 뻘에 수직으로 말뚝을 박는 법이자 강한 것이 약한 것에 힘으로 내리박는 법이었다. 그러나 그러한 방식은 진화했고 더욱 더 진화해 갈 것이다. 예를 들어, 초창기 제국주의에서 문화적 제국주의 또는 세계화의 이념 등으로 가면을 달리 착용하는 것을 일컬어 소위 진보라 칭할 때, 그 진보 또는 진화의 교묘한 작동 방식을 함축하는 것이 자본주의의 탈영토 구축 방식이었고 서구문화의 전지구화였다.

> 그는 FBI요원인지도 모른다
> 지령 : 한국 맛의 문화를 정복하라
> 조선닭―토종이 별로 없고 외국 국적을 갖고 있는 닭이므로 별 죄의식 가질 필요 없음―의 목을 미국식으로 비틀어라 그래야 미국 자본의 아침이 밝아올 것이다 조선의 영계들, 영개들을 공략하라 외가로 유전하던 맛을 끊어라 그리고 세계적인 차원에서 외가에서 외국으로 맛이 유전하는 시대라는 달착지근한 양념을 처발라라 만국의 켄터키후라이드 치킨 식도락가여 단결하라

> 그 누구의 전신상도 조선팔도에
> 저리 번식력 있게 세워지지는 않았다
> 저렇게 높은 빌딩을 횟대로, 밤마다,
> 네온사인으로 빛나는, 닭벼슬 쓴,
> 저 노인의 교묘한 웃음띤 얼굴
> ―「켄터키후라이드 치킨 할아버지」에서

인용 시는 자본주의의 은밀한 작동방식을 희화화하여 보여

주는 작품이다. 미국 자본의 강력한 힘은 힘없는 조선 토종 '영
계'의 목을 비틀고 '영개'들의 맛을 수직으로 내리박는다. 내리
박힌 켄터키후라이드 지킨의 맛은 조선의 외가에서 외가로 유
전하던 맛이 전세계적 차원의 맛으로 변모하고 있음을 실감케
하는 기제이다. 우리의 외가에서 KFC나 맥도널드로 유전한 맛
의 정체성은 어느덧 우리의 외모와 감정을 잠식할 정도로 편재
되어 있다. 왜냐하면, "자본은 은밀하고 자유로운 전쟁을 양성
화"(「한강유람선」)하기 때문이다.

　편재된 식민성은 흡사 우리의 정체성인 양 호도하게 만든다.
낸디에 의하면, "식민주의는 몸만이 아니라 마음도 식민화하며,
그들의 문화적 우선 순위들을 일거에 변경시키기 위해 식민화
된 사회들 내에서 무력을 행사한다. 그 과정에서 식민주의는
지리적이고 시간적인 실체에서부터 심리적 범주에 이르기까지
근대 서구의 개념을 보편화시키는 데 기여한다. 서구는 이제
어디에나, 서구의 안과 밖에, 구조들 속에, 그리고 마음속에 있
다."[12] 문화적 식민지인은 자신의 문화적 우선 순위가 언제부
터 바뀌었는지 모른다. 왜냐하면 식민종주국과 식민권력에 의
해 교묘하고 은밀하게 진행된 모방 정책 때문이다. 모방은 폭력
에 기초한 지배정책과는 달리, 정서적 이데올로기적 영역에서
작동하기 때문에 식민권력과 지식의 가장 교묘하고 효과적인
전략 가운데 하나이다.[13] 그러한 권력은 직접적이지 않고 우회

---

12) Leela Gandhi, 이영욱 역, 『포스트식민주의란 무엇인가』, 현실문화연구, 2000,
　　p. 30.

적이며 식민지인의 잠재의식에 파고드는 힘으로, 그들이 행사하는 모든 것이 문화적임을 표나게 표방하는 문명이다.

그 문명을 향한 욕망은 모국어를 사용하지 않는 아비에 대한 열정과 "테레비 없는 후레자식"(「오우가−텔레비전·1」)들에 대한 강력한 타자화 방식이었고, 현란한 간판을 모르면 "반체제인사"(「자본주의의 약속」)로 낙인되는 현실에 존재하는 문화적 식민지인의 삶의 방식이었다. 호미 바바에 의하면, 식민적 모방이란 개혁되고 선진으로 인식되는 큰타자에 대한 욕망으로서 여기에서 매혹/반감의 양가감정이 따른다.[14] 따라서 식민적 모방은 식민지인이 식민권력 또는 식민 종주국에 대해 느끼는 매혹/반감의 양가성을 수반할 수밖에 없다. 그것은 함민복이 「양공주」에 형상화하여 효과적으로 제시한 공주·1과 공주·2의 경우처럼, 촛불시위와 원정출산이 동시에 이루어지는 반미와 친미가 얽혀 있는 현실을 지칭한다. 함민복은 현실의 이중성을 모방하여 식민권력이 행사하는 억압/해방의 양가성과 식민지인의 의식에 잠재된 매혹/반감의 상반된 두 감정을 동시에 되받아쓰고 있다.

---

13) Bart Moore−Gilbert, 이경원 역, 『탈식민주의! 저항에서 유희로』, 한길사, 2001, pp. 283−284.
14) Madan Sarup, *Identity, Culture and Postmodern World*, The University of Georgia Press, Athens, 1996, p. 169.

4. 수평적 상상력의 구조 – 수평으로 뻘에 말뚝 박기

자본주의와 근대의 이중성이란 억압과 해방의 양가적 성질을 의미한다. 그러한 양가성에 노출된 타자들은 식민권력에 의해 은밀히 작동되는 매혹과 반감이라는 메커니즘 중 어느 하나를 선택해야만 한다. 그러나 그들은 억압과 해방의 야누스적 두 얼굴이 어느 하나의 얼굴만을 강요하거나 강요받을 때 절대권력의 수혜자가 되거나 피해자가 될 수밖에 없다. 그것은 소위 사이비근대 또는 사이비근대화의 면모를 보여준다. 이러한 근대의 권력은 근본적으로 강제적이지만, 반면 권력이 행사하는 선전선동은 종종 유혹적이다. 푸코에 의하면, "권력은 그물 같은 조직을 통해 구사되고 행사된다. 그리고 개인들은 그 실들 사이를 순환하는 데 그치는 것만은 아니다. 그들은 언제나 이 권력을 경험하거나 행사하는 위치 속에 있다. 그들이 권력의, 자활력이 없거나 순응적인 표적인 것만은 아니다. 그들은 또한 그 분절의 요소들이다. 달리 말하면 개인들은 권력이 행사되는 대상들이라기보다는 권력의 담지자들"15)이다. 따라서 권력의 중심에서 소외된 주변부적 주체인 타자들 또한 권력 구조의 그 물망으로부터 자유로울 수 없는 존재이다.

타자화된 주변부적 주체들은 그 권력의 중심부에 설 수 있다

---

15) M. Foucault, *Power/Knowledge: Selected Interviews and Other Writings 1972 –1977*, Colin Gordon, Harvester Press, Hertfordshire, 1980, p. 98. (Leela Gandhi, 이영욱 역, 『포스트식민주의란 무엇인가』, 현실문화연구, 2000, p. 28. 재인용)

는 환상과 자신을 둘러싸고 있는 권력의 유혹에 무방비 상태로 놓여져 있으며, 그러한 권력 지향성은 무의식적 욕망에 의해 내재화되어 있다. 그것은 그러한 권력을 창출했던 식민담론 또는 중심문화의 동일화 논리에 의거하며, 그에 의해 제기되어 강제된 근대화의 이중성과 맥을 같이한다. 릴라 간디에 의하면, 우리는 권력이 다양하면서 일정치 않은 자기 재현물들을 통해 강제와 유혹 사이의, 잴 수 없는 균열을 횡단한다고 말할 수 있다. 그것은 무력을 과시하고 행사하는 데서 나타날 수도 있지만, 그것은 또한 문화적 계몽과 개혁의 사심 없는 조달자의 모습으로 나타나는 경향이 있다.[16]

문화적 계몽과 개혁의 사심없는 조달자의 모습이란 켄터키 후라이드 치킨과 할리우드, 맥도날드와 코카콜라 등 다국적 기업으로 대별되는 "자본주의라는 이름으로 이루어진 문명이라는 전차"이다. 무력을 과시하고 행사하는 것이 전근대적 제국주의의 침략 방식이라면 계몽과 개혁을 전수하는 조달자의 모습이란 근대적인 문화적 제국주의의 다른 이름이다. 따라서 자본주의가 표나게 천명하는 것은 '더 빨리, 더 높이, 더 멀리'로 대별되는 근대의 슬로건이었다. 그것은 끊임없이 산업화되어 가는 도시의 공포를 전제로 하는, "나와는 상관없이 공룡처럼 거대해진 문명과 그 문명의 걷잡을 수 없는 속도"[17]였고, "지구를 권태의 세계로 돌리자니 문명의 가속이 너무 빠르고 브레이

---

16) Leela Gandhi, 위의 책, p.28.
17) 함성호, 앞의 글, p.142.

크가 파열된 지도 오래고"(「푸르른 나무숲은 더러운 산소똥을 싸고-〈시작노트〉」)에서 나타나는 근대의 속도이다. 근대의 속도란 자신의 속도보다 느린 속도를 잠식하는 속도를 뜻한다.

> 기름진 시멘트산에 잡초처럼 나무가 산다 성장력 왕성한
> 시멘트국에 볼모로 잡혀온 자연국의 사신처럼 나무가 산다
> 시멘트가 더러 나무로 푸른 문신을 새긴다 시멘트가
> 나무 반지 나무 목걸이를 하고 뽐낸다 시멘트가 나무를 다스
> 린다
>
> — 「지구의 근황」에서

> 시멘트가 지각을 단단하게 만들어 지각이 약해진다
> 시멘트가 세상을 평탄하게 만들어 세상에 층이 생긴다
> 시멘트가 사물을 각지게 만들어 사물이 삐뚤어진다
> 시멘트가 풍경을 밋밋하게 만들어 풍경이 거대해진다
>
> — 「박수소리 10」에서

근대의 속도는 시멘트에 의해 나무가 없어지는 시간이었고, 시멘트가 지각과 세상 그리고 사물과 풍경을 회색으로 만드는 풍경이었다. "각진 콘크리트벽에 목뼈만 부러진 음치바람/ 물살 결도 잃어 출렁이지 않는 이 강에/ 달은 더 이상 어부를 방생하지 않"(「한강 1」)는 회색의 풍경으로부터 자유로울 수 있는 근대인이란 존재할 수 없다. 왜냐하면 시멘트가 함의하는 근대적 풍경이란 바로 자본주의가 세상을 변화시키는 속도였고, 그

속도에 노출된 근대인이 할 수 있는 것은 자본의 미디어 시대 속에서 "좀더 새로운 것 좀더 새로운 것에 미쳐가"(「뉴스에 중독된 사내」)야 하는 운명이기 때문이다.

새로운 것이 좀더 새로운 것에 의해 밀려나는 세상은 버만이 "견고한 모든 것은 대기 속에 녹아버린다."라는 마르크스의 이념을 현대성의 지표로 삼는 경우[18]를 의미한다. 따라서 현재의 첨단이 좀더 최신의 첨단에 의해 낡은 것으로 치부되는 현실은 강한 것이 자신보다 더욱 강한 것에 의해 내리박히는 방법이 만연된 사회이자, 흙이나 뻘이 아닌 시멘트 사회에서 전면적으로 통용되는 자본주의적 삶의 양식이다. 그로부터 벗어나거나 극복할 수 있는 방식, 그것이 뻘에 수평으로 말뚝을 박는 방법이다. 말뚝/시멘트의 딱딱함을 해소하는 "뭐 좀 말랑말랑한 게 없을까"(「감촉여행」)에서 연원하는 뻘의 상상력은 도시의 딱딱함과 수직성을 갯벌의 밀물과 썰물이 수평으로 이루어지는 수평적 사고에 이를 때 "말랑말랑한 흙"이 단단하고 견고한 시멘트를 압도하는 "말랑말랑한 힘"(「뻘」)에 연결된다.

> 잡념은 진행성을 띤 념에 브레이크를 거는,
> 념의 휴식, 또는 숨구멍이다
> 잡념은 념의 탕아인가 잡념은 념의 사생아인가
> 그렇지 않다. 잡념은 사회의 념들이 어우러지면서

---

18) M. Berman, 윤호병 · 이만식 역, 『현대성의 경험─견고한 모든 것은 대기 속에 녹아버린다』, 현대미학사, 1998, p. 12.

창출해낸 거세되지 않은 사회상의 직관, 혹은
념들의 융합체, 그 대변자이다
잡념은 행동을 수반하지 않는 정신적 유희이며
논리성을 띤 상상력의 극치다

　　　　　　　　　　　　　　－「우울氏의 一日 2」에서

까칠한 지식 나부랭이 다 버리고
내 머릿속에 흙 한 삽
비가 오면 거짓 없이 젖는
풀 몇 포기 자라
바람 불면 바람소리 일게
내 머리 속에 흙 한 삽
일개미들 하얀 알 물고 이사 오렴
봄 햇살 타고 까치 똥
울음소리로 떨어질 때
손 부르튼 시골 아이들 손등이
주물럭, 주물럭 꿈의 공작시간,

　　　　　　　　　－「흙 속으로 떠나는 전지훈련」에서

　「우울氏의 一日 2」는 '념'에 대한 '잡념' 또는 '잡념'에 대한 '념'
의 관계를 형상화한 시이다. 그 둘은 모두 개념이다. 먼저 념은
끊임없이 움직이고 변화하는 "진행성을 띤" 속도로 무장한 개
념으로, 잡념을 탕아와 사생아라는 광기를 지닌 자로 규정하여
타자화시키는 힘을 지닌 존재이다. 그러나 잡념은 빠른 변화의

속도를 지닌 념에 브레이크를 거는 휴식이자 숨구멍으로, 자신을 탕아와 사생아라는 광기로 규정하는 념에 대해 '그렇지 않다'고 선언한다. 예를 들어, 스스로를 정상적 또는 이성적이라고 생각하는 지식인들이 어떻게 비정상적이라고 생각되는 지식들을 침묵시키고 억압하여 타자화시켜 온 역사가 광기의 역사일 때, 념과 잡념은 그러한 관계를 집약적으로 보여준다.

푸코는 "권력과 지식은 서로 직접 포함하고 있다는 점, 어떤 지식의 영역과의 상관관계가 조립되지 않는 권력관계는 존재하지 않으며 동시에 권력적 관련을 상정하거나 조립하거나 하지 않는 지식은 존재하지 않음"[19]을 지적한다. 이러한 관계 속에서 진실은 당대의 체계 속에 들어가거나 권력의 요구와 일치하지 않고서는 결코 진실이 될 수 없으며, 그것을 거부했을 때는 허위와 광기로 몰려 침묵을 강요당하게 된다. 념이란 권력과 지식의 담합을 통해 생산된 진실이며, 그것을 거부하여 허위와 광기로 치부되어 침묵당했던 존재가 잡념이었다. 전자가 합리적 이성과 인간중심주의를 내건 근대의 속도였고, 강한 것이 자신보다 약한 것에 힘으로 내리박는 방식이라면 후자는 근대의 속도에 밀려 소외되어 '거세'되어 가는 느림과 더딤의 존재들로, 강한 것과 약한 것 그리고 다양한 "사회의 념들이 어우러지면서/ 창출해낸" 대화적 관계를 지향하는 수평적 방식이다.

이러한 맥락에서 「흙 속으로 떠나는 전지훈련」의 "까칠한 지

---

19) M. Foucault, 김부용 역, 『광기의 역사』, 인간사랑, 1999, p. 8.

식 나부랭이"와 "흙 한 삽"은 념과 잡념의 관계를 통해 도시/시골 또는 문명/자연의 이중구조를 보여준다. 따라서 몸은 도시에 있지만 마음은 풀과 일개미들 그리고 까치와 시골아이들로 채워지는 잡념이었다.

5. 결론

본고는 함민복의 「뻘에 말뚝 박는 법」을 중심으로 그의 시에 나타난 상상력의 구조를 고찰하고자 하였다. 수직과 수평의 상상력을 통해 형상화한 근대성에 대한 사유는 근대의 이중성과 자본주의의 작동방식에 대한 내밀한 환유이다. 그 환유의 중심에 놓이는 자본주의는 수직적 방식에 의해 수평적 방식을 지배했던 양식이었다. 자본주의는 전근대에서 근대로 이행하는 과정에서 근대화의 동력이었고, 현대 사회에서 첨단과 진보의 다른 이름이기도 했다. 그러한 자본주의의 제단은 빠름에 대한 느림을 또는 념에 대한 잡념을 희생양으로 삼아 성립되는 것이다.

빠름은 자신보다 더 빠른 속도에 의해 "대기 속에 녹아버린다." 이것이 강한 것, 빠른 것, 견고한 것 등이 자신보다 약하고, 느리고, 견고하지 않은 것을 찾아 힘으로 말뚝을 내리박는 수직적 방식이었다. 그러나 그러한 방식이 전면적으로 통용되지 않는 곳이 뻘이다. 뻘이란 문명과 도시 그리고 속도로부터 비롯한 념의 방식에 성찰하는 잡념의 존재가 머무는 곳이다. 마치 "복종함으로써 지도한다"는 원칙을 가지고 근대의 시간에 저항했던 멕시코 원주민 저항단체 사파티스타들이 근대의 속도로 무장한 정부에 맞서 그들만의 시계를 고집했던 경우와 흡사하다.[20] 왜냐하면 근대의 속도가 지구 곳곳에서 인간의 노동력을 무력화시키고 있을 때, 그들은 근대성에 은폐된 속도의 의미를 간파하고 속도에 저항하는 반근대주의자의 면모를 보여주었듯이, 수평적 방식은 수직적 방식을 고집하는 념의 사고에 휴식과 숨구멍을 터주는 잡념의 성찰을 말랑말랑한 뻘의 힘으로 보여주었기 때문이다.

앞뒤로 또는 좌우로 말뚝을 흔들 때, 말뚝이라는 인간의 도구적 이성은 뻘이 빨아들이는 자연의 질서와 대화적 관계를 이루는 것이다. 자연의 질서 앞에 인간이 할 수 있는 행위란 자신이 박고 있는 말뚝과 말뚝 사이 사이의 그물가지에서 열릴 풍성한 물고기 열매를 상상하며 좌우로 또는 앞뒤로 흔들며 지그시 눌러줄 수 있을 뿐이다.

---

20) John Holloway, 「권력의 새로운 개념」, 전태일을 따르는 민주노조운동연구소 편역, 『신자유주의와 세계민중운동』, 한울출판사, 1998, p. 307.

Ⅳ.

허구와 실재의
경계에 놓인 시학

– 함민복론

1. 매트릭스와 자본주의, 그 형용할 수 없는
   미혹과 폭력의 다른 이름

2. 인간과 가축 또는 인간과 시스템

3. 허구와 실재 혹은 시뮬레이션과 리얼리티

4. 아버지와 텔레비전 그리고 지성의 시대와 감성의 시대

5. 경계의 소멸과 경계인의 고독

IV

1. 매트릭스와 자본주의, 그 형용할 수 없는 미혹과 폭력의 다른 이름

「매트릭스」는 이전의 영화에서 보여줬던, 기억의 날조(「어둠의 도시」)나 공식적 훔쳐보기(「트루먼 쇼」) 또는 현실의 끝(「13층」)이나 인간과 프로그램의 정체성(「공각기동대」) 등의 영화적 문법을 교묘하게 응축시켜 만든, 우리로 하여금 작금의 현실을 한번쯤 삐딱하게 보기라는 맹랑한 생각을 불러일으키는 매개로 다가온다. 모피어스와 네오가 주고 받는 대화의 핵심은 '매트릭스란 무엇인가'이다. 그 답을 찾아가며 우리는 현실과 진실에 대한 정의가 그리 녹록지 않음을 느낄 수 있다. 과연 무엇이 현실이고, 그 현실을 규정하는 진실은 무엇을 의미하는 것인가.

사방에 널려 있기에 너무도 평범한, 마치 당위적으로까지 보이는 일상의 세계. 매트릭스는 바로 그것이다. 네오가 그토록 알고 싶어했고, 알고 난 후 혼란을 겪게 했던 진실이란 기계들의 전기신호를 자신의 감각기관을 통해 느끼고 있다고 느낀 환상. 그 환상이 환상이었음을 받아들이는 것. 지극히 평범한 일상으로 일생을 살아야 했고, 성공과 실패를 규정한 사회적 담론에 의해 자신의 삶을 재단당해야 했던 통제의 방식을 인식하는 것. 진실이란 지금까지 그렇게 인식되어 왔음을 지금 인식하는 것에서 출발한다.

매트릭스는 '진실을 볼 수 없도록 우리 눈을 가리운 세계'이다. 그 세계는 우리의 일상을 감싸고 있는 저 너머에서, 우리가 지금까지 믿어왔던 세계를 여전히 현실이라 믿게 했던 시스템이었다. 시스템은 유·무형의 구조물로 자신의 영역 내에 위치한 인간들의 정신을 통제하며, 적절한 꿈과 희망을 주입하는 대신 인간의 가치와 상관없이 양적으로 계산 가능한 수치, 혹은 목표 달성을 위하여 무차별적으로 인간을 이용하는 도구적 이성이다. 매트릭스는 사실 미래에 대한 영화가 아니라, 전세계적 자본주의의 압제와 포괄성으로 특징지어지는 오늘날 미국의 비현실성에 대한 영화라고 설명했던 슬라보예 지젝의 견해에 굳이 따르지 않더라도 우리는 우리의 현실과 자본주의의 얽힘에 대한 문제를 쉽게 떠올릴 수 있다.

자본주의는 매트릭스에서 인간을 기계들의 에너지를 공급하는 '건전지' 역할과 그 역할을 효율적으로 수행키 위해 인간에게 부여한 '꿈은 이루어진다'는 꿈(환상)을 제공하는 이중적 성격을 내포한다. 매트릭스 안의 인류는 기계로부터 부여받은

'꿈'을 먹고 자신은 기계의 에너지원인 '건전지'가 되는, 수요와 공급의 완벽한 균형을 이루는 도구적 존재이다. 따라서 매트릭스는 인간의 에너지를 가장 효율적으로 관리하고 통제하는 시스템을 개발해야 했고 몇 번의 시행착오를 거쳐 완성된 것이 자본주의였다.

우리 시대의 윤리는 자본의 논리이다. 그것은 매트릭스와 시스템의 관계처럼 너무도 일상적이기에 결코 회의할 수 없는 성질의 것이다. 그러나 시인은 지극히 당연시되기에 전혀 의문을 품을 수 없는 현실에 실문과 비판을 던져야 한다. 함민복은 비정한 자본주의를 그려내며 물신의 도시화 혹은 도시의 물신화 과정에 노출되어 있는 우리네 삶을 진실의 가면으로 포장해 보여준다. 들숨과 날숨을 내쉬며 공기의 존재를 망각하고 살아가듯, 우리는 자본의 논리에 깊이 침윤되어 있기에 그것을 의식조차 하지 못한다. 일상적 당위의 세계와 미미하게나마조차도 의식할 수 없음, 바로 그곳이 함민복과 그의 시가 놓이는 자리이자 이 글이 나아갈 길이기도 하다.

2. 인간과 가축 또는 인간과 시스템

매트릭스에서 인간을 재배하는 시스템과 인간이 가축을 사육하는 논리는 동일하다. 마치 먹이를 주고 사육하여 종국에는 잡아먹는 가축의 운명과 도구적 존재로서 인간의 그것은 무엇이 다른가. 다만 인간의 미망 속에 안주하는 철저한 기생적 이중성일 뿐일까. 이러한 질문을 풀어가는 한가운데에 인간의 존재에 대한 근원적인 문제가 있었고, 함민복이 던진 욕망의 전차로 이루어진 자본주의라는 화두가 있었다.

> 해질 무렵이었습죠
> 코란도 지프차 타고 인공수정사가 온 것은
> 진달래 붉은 도락산 기슭
> 처음 길러보는 젖소라 화냥년처럼
> 그분을 맞았습죠
> 세수대야와 비누를 대령차
> 그분은 찬송가 테이프를 끄고 하차
> 고삐를 바싹 붙잡아맨 소가
> 내뿜는 콧김, 지푸라기 단내
> 비닐 장갑 낀 그분의 팔뚝이
> 자궁 속으로 어깨까지 들어가자
> 소는 어금니에 침을 물고
> 당구공만한 눈동자를 끔벅끔벅
> 자궁 속에 넣은 손을 움찔거리던
> 그분은 라디오 안테나 같은 기구를 삽입했습죠
>   숫놈의 눈동자도 모르는 채
>   숫놈의 체취도 못 느껴본 채
>   숫놈의 몸무게도 견뎌보지 못한 채
>   …쓸 쓸 하 게…
>   숫놈에 대한 그리움이 희석되며
> 소는 성스러운 섹스를 마칩니다

자 우리들의 성스러운 생일날
쇠고기 미역국이나 끓여먹읍세다

—「인공수정」 전문

　매트릭스의 프로그램을 사육자의 이윤추구로, 젖소의 운명을 인간의 그것으로 환유하면 지나친 비약일까. 우리들의 뇌리에 각인되어 있는 '인간은 만물의 영장'이란 명제는 우리가 인간이기에 가능한, 인간들의 세계에만 존재하는 오만이다. 그것은 인간 이외의 비인간에 대해 행사하는 폭력을 정당화하는 도구적 기능을 담당한다. 인간의 이름으로 또는 문명의 이름으로 행한 야만과 폭력의 역사는 그것에 의해 합법화되고 질서화된다. 일단 질서화된 담론은 자신의 영역 바깥에 존재하는 것들을 타자화시킨다.

　암소의 수정은 암소 자신의 종족 보존 본능을 위한 '성스러운 섹스'가 아니다. 인공수정은 수소에 대한 암소의 그리움마저 희석시킬 수 있는 인간중심주의의 바로미터이고, 인간을 위한 인간의 폭력을 재생산하는 기제이다. 시적 자아는 코란도·화냥년·찬송가·안테나 같은 기구 등의 계열체를 통해 인공수정사가 몰고 오는 인공의 모습을, 진달래 붉은 도락산 기슭·내뿜는 콧김·지푸레기 단내·자궁·눈동자 등의 계열체가 환기하는 비인공의 모습과 대립시킨다. 이러한 구조는 인공이 비인공을 얼마나 철저히 지배하고 질서화하는가를 보여준다.

　예를 들어, 수놈의 눈동자도 체취도 몸무게도 느끼지 못한다고 느끼는 주체는 암소가 아닌 시적 자아이다. 시적 자아는 16행에서 20행까지의 들여쓰기 효과를 통해 암소와 내적 이입을 시도하지만 결국 '쓸쓸하게'라는 시적 자아의 독백으로 머물 뿐이다. 그러나 그 독백이 중요한 점은 자신이 인간임에도 불구하고 암소의 관점을 견지하려는 의식이다. 그것은 인간의 질서 속에서 살아갈 수밖에 없는 인간 이외의 것들에 대한 연민이기도 하지만 도구적 이성의 영역이 갖는 폭압성을 효과적으로 드러내기 위한 전략이기도 하다. 이러한 전략의 압권은 마지막 연에서 보여주는 '성스러운 생일날'과 '쇠고기 미역국'을 통한 비유이다. 시적 자아는 '성스러운 생일날'의 성스럽다는 한정사를 통해 인간의 생일날을 만드는 인간의 성과 '쇠고기 미역국'을 만드는 소의 성을 대립시켜 전자의 절대적 우위를 비꼰다.

마치 함민복이 말했던 "돼지가 정상적으로 자라 걱정"[1]이라는 역설처럼 인간은 인간의 관점에서, 돼지 또는 소의 관점을 일방적으로 묵살하거나 값싼 연민으로 전락시킨다. 인공이 인공적이지 않은 것을 얼마만큼 폭력적으로 인공화하는가라는 문제는, 인간이 비인간적인 것들을 어떻게 인간화시키는가의 맥락과 연결되어 있다. 결국 이 시가 함의하는 자본의 논리는 가축과 인간 그리고 인간과 시스템이란 이중 구조이다. 그것은 시스템이 인간에게 던져주는 달콤한 향기와 날카로운 가시를 통해 구조화된다.

---

1) 함성호, 「공포의 서정, 환위의 시학」, 『자본주의의 약속』, 세계사, 1994, 134면.

가축들이 사육될 때 먹이 시간을 알리는 종소리와 '더 빨리 더 높이 더 멀리'의 슬로건을 성취하면 '나도 잘살 수 있다'는 디지털 신호를 뇌에 보내는 시스템, 혹은 이젠 무게가 웬만치 나가니까 도살장으로 보내는 것과 사용가치 또는 교환가치의 소모로 인해 인간을 소외의 울타리로 감금해 버리는 것. 그 두 가지 경우의 수는 같은 뿌리에서 나온 다른 잎과 같다. 그럴 수밖에 없는 것이, 인간이 시스템으로부터 배운 기술을 써먹을 데가 물론 자신보다 약한 존재이어야 했거나 또 다른 자신이어야 했기 때문이다.

함민복의 시에서 인간 이외의 것들에 대한 형상화를 통해 주지하는 것은 인간을 위한 인간이 아닌 것들의 타자화 과정이다. 인간이 아닌 것들−소, 개, 돼지, 나무−에 대한 알레고리적 해석은 표면적으로 사물의 존재 양상을 그려내지만 심층적으로는 사물의 관점에서 인간을 그려내는 것이다. 관점을 바꾼다는 것은 기존의 관점에 대한 변혁이자 반란이다. 그것은 시스템·인간·가축으로 이어지는 가치의 서열구조를 뒤섞는 전복이기 때문이다.

'쇠고기 미역국'을 위한 암소의 인공수정은 "눈시울에 매달려 버둥대는 새끼들"이 새봄이 오듯이 팔려가거나 "짚불에 까맣게 끄슬려지"더라도 계속 낳아야만 생명이 연장되는 늙은 개의 운명과 다르지 않다. 또한 "나는 매일 운동을 합니다 다이어트에 실패하여/ 모돈이 내 몸무게를 견디지 못하면 나의 생은 끝"(「종돈−돼지의 일생·4」)인 종돈의 운명은 "욕망을 으르렁거리며/

서로 많이 먹으려다가 빨리 자라고 만"(「DOG재자」) 개들을 사육하는 "사육자의 정책"에 달려 있다.

'사육자의 정책'이란 인간의 질서를 의미하며 매트릭스의 시스템에 의해 조절되고 통제당하는 프로그램의 일부일 뿐이다. 그것은 이윤을 추구하는 자본주의의 생리이자 논리이다. 마치 인간이 살아가기 위해서는 살아있는 다른 생물을 먹어야 살 수 있다는 약육강식의 논리 그 자체이기도 하다. 약육강식의 논리는 정글의 법칙으로 통용되는 "빼앗기지 않기 위해/ 빼앗아 오기 위"(「자본주의의 게임」)한 자본주의의 게임이다. 그 게임의 법칙을 위반하거나 적응 또는 순응치 못한 경우 그에 대한 처벌은 인간을 위한 제물인 가축의 운명과 다를 바 없으며, 매트릭스를 움직이는 '건전지'가 용도폐기되어 다른 '건전지'의 먹이가 되는 것이다. 따라서 제도권 내 인간의 삶이란 매트릭스의 시스템이 주재하는 자본주의의 질서 속에서 안주하는 방식을 의미하며, 사육자인 듯하지만 사육되는 인간의 운명이었다.

3. 허구와 실재 혹은 시뮬레이션과 리얼리티

「매트릭스」 안의 세계와 밖의 세계는 너무도 다르다. 안의 세계는 인간이 자신의 노력 여하에 따라 풍요로운 생활을 가꿀 수 있으며 성실하게 노력하면 물질적 풍요도 누릴 수 있다. 반면 밖의 세계는 황량한 풍경 속에 놓여진 '진실의 사막'만이 있고, 사이퍼가 스미스 요원과 식사 중 스테이크를 먹으며 느꼈던

미각의 쾌감을 전혀 느낄 수 없는, 느부갓네살 함정의 멀건 죽을 먹는 공간이다. 사이퍼가 다시 매트릭스로 돌아가고자 배신하려는 것은 암울한 실재에서 풍요로운 가상의 세계를 선택하는 존재론적 실천이다.

사이퍼의 선택은 빨간 알약을 선택한 대가로 주어진 황량한 리얼리티보다 위조된 현실인 시뮬레이션 공간에 놓여진 스테이크로 이끌 파란 알약에 대한 향수라 할 수 있다. 실재보다도 더 실재 같은 허구, 혹은 위조된 현실이 위조하기 위한 원본 현실보다 더 현실 같은 사이버 공간은 가상이 실재를 지배하고 통제하는 단계, 즉 시뮬레이션이 현실의 리얼리티를 잠식하는 아이러니의 세계를 보여준다.

> 광고의 나라에 살고 싶다
> 사랑하는 여자와 더불어
> 아름답고 좋은 것만 가득 찬
> 저기, 자본의 에덴동산, 자본의 무릉도원
> 자본의 서방정토, 자본의 개벽세상—
>
> (중략)
>
> 아아 광고의 나라에 살고 싶다
> 사랑하는 여자와 더불어
> 행복과 희망만 가득 찬
> 절망이 꽃피는, 광고의 나라
>
> ―「광고의 나라」에서

「광고의 나라」는 매트릭스의 안과 밖 또는 가상과 실재를 광고/현실의 나라라는 명확한 이중 구조로 보여주는 작품이다. 그 기준은 테레비의 안과 밖이다. 테레비의 안은 아름답고 좋은 것, 행복과 희망만 가득 찬 현실이지만 밖은 그 역이 존재하는 현실의 나라이다. "인간을 먼저 생각하는 휴먼테크의 아침 역사"와 "제3세대 승용차 엑셀을 타고 보람차고 알찬 주말을 함께 하는 방송을 들으며 출근"한 시적 자아의 일상은 "그의 자신감은 어디서 오는가 패션의 시작 빅맨을 벗고 코스모스표 특수형 콘돔을 끼고 잠자리"에 드는 것으로 하루를 마친다. 그의 일상을 지배하는 것은 테레비의 브라운관이라는 벽이다. 시적 자아는 테레비의 밖에 위치해 있지만 그의 일상은 테레비의 안에서 이루어진다. 「광고의 나라」에서 보여준 이상의 「오감도」에 대한 패러디는 제1의 아해부터 제13의 아해가 무섭다고 하는 것을 제1의 더톰보이부터 제13의 피어리스 오베론이 거리를 질주하는 것 이상의 의미를 담고 있다.

이상이 「오감도」를 통해 말하고자 했던 것이 "모든 현대인은 절망한다. 절망은 기교를 낳고, 그 기교 때문에 또 절망한다"는 명제였다면, 13인의 아이들이 거리를 질주하며 무서워하는 것과 길이 막다른 골목이든 뚫린 골목이든 상관없다는 뚜렷한 이유 없음은 그들이 질주하는 행위가 자신들의 정체 모를 불안과 공포로부터 벗어나려는 필사적인 몸부림이라 할 수 있다. 이를 패러디한 「광고의 나라」의 경우, 인간이 아닌 상호명 또는 브랜드명이 질주하는 상황으로 대체되고, 막다른 골목과 뚫린 골목은 on/off로 바뀌지만 정체 모를 불안과 공포로부터 벗어나려는 몸부림은 부재하다. 왜냐하면 광고 속의 현실에 존재하는 수많은 가상의 이미지와 카피들이 광고 밖 실재한 시적 자아의 정체성을 부여하기 때문이다.

실재와 리얼리티의 세계인 광고 밖 현실의 시적 자아를 규정하는 것은 아름답고 좋은 것만 가득 차고 행복과 희망만 넘치는 광고 안 가상과 시뮬레이션의 세계이다. 그러나 시적 자아는 마지막 행에서 말하는 "절망이 꽃피는, 광고의 나라"를 통해 앞서 형상화된 수많은 환상과 환영을 절망으로 집중시킨다. 여기에서 부재했던 몸부림은 생성되지만 현대인-절망-기교-절망의 고리로부터 자유로울 수 없다. 그러한 고리의 순환은 광고의 나라에 살고 싶다는 욕망으로부터 나온다. 욕망의 영역은 '-이고픈' 것이다. 그것은 사랑하는 여자이고픈 아름답고 좋은 것이고픈 광고 밖 실재의 현실을 광고 속 가상의 현실에 투사하여, 에덴동산과 무릉도원으로 동서양을 진정(?)으로 통일한 자본의 논리임을 밝힌다.

테레비의 안에서 송출하는 허구로서의 이미지는 실체가 되어 테레비 밖에 존재한다. 허구가 실체가 되어 나타나는 광고는 허위 욕망의 계속적 확산인 '자아 속임의 미학2)에 기반하는 매체이다. 자아 속임의 미학이란 인간의 자유를 상품-화폐 관계에 기초한 자유로 인식하고, 그 욕망과 욕망의 충족은 바로 타

---

2) 문선영, 「패러디와 문화비평」, 김준오 편, 『한국 현대시와 패러디』, 현대미학사, 1996, 231면.

인에 대한 관계를 매개하고 산출하게 되는 광고의 매체적 특성을 일컫는다. 인간을 대상으로 욕망의 소비 지표이자 기호를 산출하는 허구로서의 광고 이미지에 끊임없이 리얼리티를 부여하는 것이 자본의 논리이자 매트릭스를 유지하는 근본적인 동력이다. 매트릭스가 자신의 구성원에게 때로 불가항력적인 것을 강요하는 다양한 체계에 대한 은유임을 감안할 때 가상의 세계에서 송출하는 광고의 지배력은 현실의 영역을 통제하는 자본주의 이데올로기화된 프로그램일 것이다.

4. 아버지와 텔레비전 그리고 지성의 시대와 감성의 시대

우리 시대의 미디어는 정보의 바다일 뿐만 아니라 개인의 가장 사적인 영역까지도 잠식하여 드러낸다. 미세한 영역까지 광범위하게 걸쳐있는 미디어의 영향력은 렌즈에 집적된 허구로서의 이미지를 통해 현실의 인간을 평균화 또는 규범화시킨다. "행복과 희망만 가득찬" 허구로 향하는 남루한 실재의 욕망은 더 이상 물건을 필요에 의해 구매하는 것이 아닌 끊임없이 전기 신호를 주입하는 광고와 광고 이미지에 의해 형성되는 것이다. 함민복은 우리 시대의 매트릭스에서 보내는 가상의 현실을 텔레비전의 브라운관이라는 벽을 통해 보여준다.

이 테레비 없는 후레자식
네 테레비가 널 그렇게 가르치디

요딴 소리를 듣지 않기 위해서라도
지성의 시대는 끝났다 잡성의 시대에
테레비가 없다면, 끔직한 상상이지만
나는 무엇을 스승으로 삼고 즐거워하고 슬퍼하고
간지러움, 강제의 웃음이라도 웃을 수 있겠는가
— 「오우가—텔레비전・1」에서

　일제 강점기, 우리 문학사는 지독한 상실 모티프에 시달리고 있었다. 그러한 경향은 고향 상실감에서 민족 혹은 국가 상실감으로 확대되어 문학에서 형상화되지만, 그 기저에는 '아비찾기 모티프'가 흐르고 있었다. 가부장제와 봉건주의의 외피를 두르고 있었다손 치더라도 아비 혹은 아버지가 갖는 상징적 의미는 막강한 것이었기에 그러하다. "'애비는 테레비였다'라고 발언하는 순간, 그의 시는 한국 현대시사에 편입된다."[3]는 지적은 바로 이와 같은 지점에서 유효하다.

　식민지 시대로부터 유신독재에 이르는 시기는 끊임없이 아버지의 존재와 존재성에 대해 고민해야 했던 아들들의 정체성 혼란과 직간접으로 닿아있다. 유신독재가 지나간 1980년대 이후 소위 386세대의 '아비찾기'는 선배들의 정체성과는 판이하게 다른 성격을 요구하게 된다. 아버지들이 온몸으로 이룩한 성과들은 급격하게 진척된 산업사회로의 진입과 이전에 볼 수 없었던 갖가지 풍경에 노출될 수밖에 없었던 아들들의 혼란한 정체

---

3) 이문재, 「애비는 테레비였다—서울, 자본주의, 그리고 연꽃 한 송이」, 『문학동네』 1998 여름호, 353면.

성을 배양시켰던 것이다. 인터넷, 비디오, 팩시밀리, 케이블, 디지털 카메라, 휴대전화 등의 최첨단 테크놀로지와 TV에 의해 꾸준히 양육된 아들들의 감성은 이미 아버지 세대의 지성과 달랐다.

아들들이 다시 찾은 아비 혹은 '아비찾기'의 과정은 "지성의 시대"에 존재했던 "애비는 종"(서정주, 「자화상」)이었거나 "취해서 널부러진 색시를 업고 들어왔"(신경림, 「아버지의 그늘」)던 "입이 열이라도 말 못"(이성복, 「그해 가을」)하던 아버지가 아니었다. 왜냐 하면, 그 아버지의 아들들은 바로 '잡성의 시대'를 주관하는, 자본주의와 자본의 논리에 조종당하는 감성의 시대에 속했기기 때문이다.

이와 같은 맥락에서 "이 테레비없는 후레자식"은 바로 자신들의 애비가 텔레비전이었다는 점과 동시에 그를 애비라 인정하지 않는 모든 저항 세력에 대한 강력한 경고성 전언으로 기능하는 시어라 할 수 있다. 그러나 시적 화자는 문면에 드러난 의미를 전복시킨다. 즉, 진실의 가면을 쓰는 것이다. 지난했던 '아비찾기'는 이제 자신을 낳아준 아비를 넘어 선 불특정 다수의 타자성과 익명성을 배태시킨다. 그것은 '가장, 우리 생활의 통솔자 테레비'가 무수한 아들들에게 보여주는, 바다보다 더 크고 넓은 가상의 현실이었다. 그 현실은 자본주의의 시스템이 약속한 우리의 삶을 자본주의의 방식에 맞게 프로그램화하는 바로 그것이다.

도대체 사내의 생활에는 별변화가 없다 사내는 단지 사회
상황의 변화를 통해 자신의 위치가 변하고 있음을 깨닫는다
사내의 머리통에는 뉴스의 내성이 생겨 매일 좀더 많은 양
의 뉴스를 원한다 뉴스가 없는 날 아아 사내는 미칠 것 같다
사내는 전쟁이든 최첨단의 정보든 유언비어든 스캔들이든
뭐든지 새로운 것을 원한다 좀더 새로운 것 좀더 새로운 것
에 미쳐가고 있는 우리가 알고 있는 사내는// 라디오 이어폰
을 뇌에 박고/ 뉴스를 기다리며 잠자리에 든다

─「뉴스에 중독된 사내」 전문

마치 매트릭스 바깥에 존재하는 인간이 안으로 접속하기 위
해 뇌에 플러그를 꼽는 것처럼, 우리 시대의 규범적 인간형은
좀더 새로운 것을 삶의 질이나 양을 증식하는 수단으로 여겨
새로움 콤플렉스에 시달리고, 라디오 이어폰을 뇌에 박고 뉴스
를 기다리며 하루를 마감한다. 이러한 삶은 시인의 분신인 우울
씨가 "살점이 낀 채 고통을 호소하는 교통현장─/ 그러나 좀더
─강렬한 것─좀더─강렬─/ 우울씨는 사진계에서 인정을 받
고 사진계에서는/ 우울씨가 좀더─강렬한-작품을─/ 기대─점
점─더─강렬한─강렬─"(「우울氏의 一日9」)한 것을 원하는
것과 같다. '더욱 더'의 논리는 "지구를 권태의 세계로 돌리자니
문명의 가속이 너무 빠르고 브레이크가 파열된지도 오래고"(「푸
르른 나무숲은 더러운 산소똥을 싸고─〈시작노트〉」)에서 나타
나는 자본 집적의 속도이다. 그것은 끊임없이 산업화된 도시의
공포를 전제로 하는, "나와는 상관없이 공룡처럼 거대해진 문명

과 그 문명의 걷잡을 수 없는 속도"[4]이기 때문이다. 이와 같은 속도는 매트릭스에서 구현된 더 빠르고, 더 크고, 더욱 현란한 테크놀로지를 요구하는 미디어 사회에서 이젠 하나의 미풍양속으로 변주된다. 그 사회에서 살아남는 자 혹은 적응하는 자는 우리가 이전에 상상할 수 없었던 속도에 비명을 내지르며 그 빠름의 미학을 즐기는 현대인일 것이다. 그러나 현대인은 이를 실감한다 해도 절망의 바다에서 표류할 수밖에 없다.

> 실감한다, 허구의 세계가 또 하나의 허구의 세계를 만들어
> 두 세계의 벽 허물기를 통해
> 허구와 실제의 벽 허물기 체험을 무의식에
> 강요하고 있는 산업사회의 무서운 꽃 광고를, 나는
> 보기 싫어 리모컨을 누르다 경악한다, 이미 허물어진 벽.
> 티브이가 리모컨이 되어 내 머리통을 작동시키고 있었구나.
> ― 「엑셀런트 시네마 티브이·2)」에서

인용 시는 현대의 가장 영향력 있는 신이라 불리는 자본주의가 만든 경계로서의 벽, 텔레비전의 브라운관을 경계로 이루어지는 화면의 안과 밖을 형상화한 작품이다. 티브이를 보고 있는 시적 자아는 티브이 속의 티브이 상황과 티브이 속의 티브이 밖의 상황을 화면이라는 벽을 통해 바라본다. '엑셀런트 씨네마 티브이'의 광고는 다중의 벽을 등장시켜 실감나는 시각과 청각

---

4) 함성호, 앞의 글, 142면.

을 이용하여 시적 자아를 혼란케 한다. 다중의 벽이란 티브이 속의 티브이 속 화면과 티브이 속의 화면 사이에 놓여있는 제1의 벽과 티브이 속의 화면과 시적 자아가 보고 있는 화면 사이의 제2의 벽으로 이루어진다. 제1의 벽은 티브이 속의 티브이 화면 속에 등장한 발레와 헬기편대가 등장하는 화면과 아해·여인의 사이에 놓인 경계이다. 제2의 벽은 제1의 벽을 보여주는 티브이 화면과 시적 자아 사이를 가르는 경계이다. 제1의 벽이 허구의 경계라면 제2의 벽은 실재의 경계다.

제1의 벽과 제2의 벽은 허구와 실재로 이루어져 있다. 허구의 세계를 묘사한 첫 번째 연과 실재의 세계에 존재하는 시적 자아의 내면을 형상화한 두 번째 연은 시의 형식적 측면에서 각 연의 사이에 내재한 보이지 않는 경계를 보여준다. 첫 번째 연과 두 번째 연의 경계는 허구의 세계와 실재의 세계를 경계함으로써 티브이 안과 밖을 구조화시킨다. 그러나 "대형 티브이의 명작, 엑셀런트 씨네마 티브이—"라는 티브이 안의 멘트와 함께 실감하는 "허구의 세계가 또 하나의 허구의 세계를 만들어/ 두 세계의 벽 허물기" 체험은 "티브이가 리모컨이 되어 내 머리통을 작동시키고 있"다는 의식을 통해 각각의 경계가 소멸되면서 확장된다. 소멸되면서 확장된 경계는 제1의 벽이다. 다시 말해, 소멸된 경계는 제2의 벽이고 확장된 경계는 제1의 벽인 가상의 세계이다.

이와 같은 이중의 구조는 「엑셀런트 시네마 티브이·1」에서도 반복된다. 이 시는 앵무새와 독수리를 등장시킨 티브이 속의 티브이 속 제1의 벽과 티브이 화면과 실재의 경계인 제2의 벽으로 나타난다.

> 그렇다 매스컴의 화려한 유혹은 시청자인 나를 티브이 속의 세계로 유혹한다 하여 내가 매스컴 속에 깊이 빨려들어갔을 때 매스컴 속에 깊이 잠식되었음을 깨닫고 바깥으로 나오려고 할 때 매스컴은 나를 가둔 채 OFF할 것이다
> —「엑셀런트 시네마 티브이·1」에서

> 이제 나는 그녀의 사랑을 받을지도 모른다
> 그러나 내가 아는 그녀는 온통 허구뿐
> 몇 편의 드라마와 광고와 영화 속에서
> 그녀가 살아가는 허구를 보았을 뿐
> 허구의 융합체인 그녀를 사랑한다는 것은
> 얼마나 놀라운 허구인가
> —「자본주의의 사랑」에서

소멸되면서 확장된 제1의 벽은 자신의 영역에 너무 깊이 들어온 제2의 벽을 삼켜 버린다. 시스템의 자본주의가 창조한 제1의 벽인 허구의 세계는 매스컴이란 허구 속에 깊이 잠식되었음을 알아차린 실재의 세계를 허구화한다. 마치 "신은 사람의 영혼을 재배한다/ 신은 사람의 영혼을 먹고 산다"(「밥」)에서 나타나듯 시스템의 자본주의는 억압/해방의 이중성을 인간의 반감/유혹의 양가감정에 은밀히 작동하여 자신의 영역을 확장하는

것이다. 그러한 원리는 "친구의 방에서 아주 우연히 그녀와 함께/ 요플레를 먹게 된 것"을 매스 미디어 시대에 이루어지는 진정(?)한 사랑이라 믿게 만든다. 티브이 속에서 요플레를 먹는 그녀와 티브이 밖에서 그녀를 바라보는 나의 공감대가 '요플레' 광고였고, 그로 인해 광고 속의 그녀와 나의 사랑은 "범상치 않은 정황, 전생의 인연을 들먹"일 만큼 절대적인 것이 된다. 따라서 자본주의 시대의 사랑법은 "허구와 실제의 벽 허물기 체험을 무의식에/ 강요하고 있는 산업사회의 무서운 꽃 광고"를 통해 조작된다.

중요한 것은 시적 자아가 그러한 자본의 논리를 어떻게 의식하는가이다. 티브이 속의 제1의 벽으로 끌리는 유혹, 허구와 실재의 벽 허물기 체험을 강요하는 광고에 대한 무서움과 공포, 허구의 집적체인 그녀를 사랑한다는 자체가 얼마나 놀라운 허구인가를 깨닫는 통찰, 그럼에도 불구하고 우리 시대의 유일한 대화 창구로서의 미디어를 인식할 수밖에 없다는 절망 등이 그것이다. 그것은 자본주의가 TV를 매개로 아버지로 현현한 방식을 인식하는 과정이었고, 부권의 상징이었던 지성의 시대가 잡성 혹은 감성의 시대로 변주되는 경계를 확인하는 것이었다.

5. 경계의 소멸과 경계인의 고독

네오가 흰토끼를 따라가기 전에 해킹 프로그램인 듯한 디스크를 꺼냈던 텅 빈 공간의 책은 장 보드리야르의 시뮬라시옹이었다. 무언가 암시하는 듯한 화면 구성은 보드리야르의 관점을 응축하듯 책의 겉과 속이 다르다. 보드리야르는 현 시대 포스트 모던한 사회의 조건을 예증하기 위해 시뮬라시옹이란 개념을 사용한다. 보드리야르는 디즈니랜드를 예로 들어 미국문화에 대해 "이 세계가 어린애 티를 내려 하는 이유는, 어른들이란 다른 곳, 즉 〈실제의〉 세상에 있다고 믿게 하기 위하여, 그리고 진정한 유치함이 도처에 있다는 사실을 숨기기 위하여이며, 어른들의 유치성 그 자체가 그들의 실제 유치성을 환상으로 돌리기 위하여 여기서 어린애 흉내를 낸다."[5]라고 지적한다. 따라서 디즈니랜드라는 고유 상표는 유아적이고 위조된 환상의 기호로 작용하지만 그것은 실재의 본질을 가리는 단계를 넘어 독자적인 이미지로 기능한다.

그에 의하면 이미지는 다음과 같은 네 가지 연속 단계를 거친다.[6] 순서대로 적으면, 이미지는 깊은 사실성의 반영이고, 그 사실성을 감추고 변질시킨다. 그리고 이미지는 깊은 사실성의 부재를 감추고, 그것이 무엇이건간에 어떠한 사실성과도 무관하다는 것이다. 이것이 바로 순수한 자기 자신의 시뮬라시옹인 '디즈니랜드'이다. 네 번째 단계에 위치한 시뮬라시옹은 원본도 없고 현실성도 없는 현실을 모형에 의거해서 만들어내는, 땅이 지도보다 먼저 존재하는 것이 아닌 지도가 땅보다 먼저 존재하는 '과도현실'을 말한다. 그것은 더 이상 모방이나 복제 또는 패

---

5) 장 보드리야르, 하태환 역, 『시뮬라시옹』, 민음사, 2001, 41면.
6) 장 보드리야르, 위의 책, 27면.

러디의 문제가 아닌 현실이 현실의 기호들로 대체되는 세계를 뜻하며, 마치 가스통 바쉴라르가 말했던, 상상력의 자유로운 실현이 가능한 단계 또는 기능이 기관을 창조하는 역동적 상상력의 영역과 일치한다.

위조된 현실이 현실을 잠식하여 대체되는 현실. 그 현실은 매트릭스 안의 세계가 밖의 세계로 대체되는 시뮬라시옹을 뜻한다. 안의 세계는 맛있는 스테이크와 빨간 옷의 여자가 있는, "아름답고 좋은 것만 가득 찬/ 저기, 자본의 에덴동산, 자본의 무릉도원"으로 설정된 가상이자 허구이지만 밖의 세계는 끊임없이 가상의 세계로부터 송출되는 허구로서의 이미지를 욕망하는 현실이기 때문이다.

매트릭스의 안과 밖 사이에 놓여진 경계는 각각의 세계에 부여된 정체성을 바라볼 수 있게 하는 시선이다. 그 시선이 놓이는 곳은, TV 속 가상의 현실에서 내뱉는 광고가 자신을 시뮬라시옹하기 위해 원본 현실을 숨기고 TV 밖을 대체하는, 제1의 벽이 제2의 벽을 집어삼키는 폭식성을 뼈저리게 느껴야 했던 현실이었다. 함민복의 시선에 잡힌 현실이란 대체되기 이전의 세계를 뜻한다. 그것은 불우이웃의 상징이었던 라면박스를 전달받거나 근대화의 역군을 배출하는 공고 졸업식을 배경으로 들려오는 '박수소리'(「박수소리」 1 · 2)였고, 허름한 국밥집에서 어머니와의 식사중 눈물이 왜 짠가(「눈물은 왜 짠가」)를 알 수 있었던 가난이었다. 함민복이 지닌 문학적 상상력의 모태인 가난은 원자력발전소 근무 시절에 배태되었던 정신병을 통해 우울씨를 낳았고, "빚쟁이들이 트럭을 붙들어 늦고 지친 이사/ 비 온 다음날의 참깨꽃처럼 힘없이 떠나는/ 고향"(「붉은 겨울, 1986」)으로 돌아갈 수 없었던 처절한 것이었지만 역설적으로 자본주의의 시뮬라시옹을 인식케 해준 반면교사였다.

> 잡념은 진행성을 띤 념에 브레이크를 거는,
> 념의 휴식, 또는 숨구멍이다
> 잡념은 념의 탕아인가 잡념은 념의 사생아인가
> 그렇지 않다. 잡념은 사회의 념들이 어우러지면서
> 창출해낸 거세되지 않은 사회상의 직관, 혹은
> 념들의 융합체, 그 대변자이다
> 잡념은 행동을 수반하지 않는 정신적 유희이며
> 논리성을 띤 상상력의 극치다
>
> — 「우울氏의 一日2」에서

함민복은 우울씨가 겪고 있는 정신병을 '념'에 대한 '잡념' 또는 '잡념'에 대한 '념'의 관계로 진단한다. 념은 끊임없이 움직이고 변화하는 '진행성을 띤' 속도로 무장한 개념으로, 잡념을 탕아와 사생아라는 광기를 지닌 자로 규정하여 타자화시키는 힘을 지닌 존재이다. 따라서 념은 은밀하고 폭력적인 자신의 본질을 은폐하기 위해 더욱 더 끊임없이 위조하여 강요하는 자본주의의 사회적 담론을 의미하는 시뮬레시옹으로 볼 수 있다. 그러나 잡념은 빠른 변화의 속도를 지닌 념에 브레이크를 거는 휴식이자 숨구멍으로, 자신을 탕아와 사생아라는 광기로 규정하는 념에 대해 '그렇지 않다'고 선언한다. 예를 들어, 광기가 스스로를 정상적 또는 이성적이라고 생각하는 지식들이 비정상적이라고 간주되는 지식들을 침묵시켜 억압해왔던 역사라 할 때, 념과 잡념은 그러한 관계를 집약적으로 보여준다.

이러한 관계 속에서 진실은 당대의 체계 속에 들어가거나 권력의 요구와 일치하지 않고서는 결코 진실이 될 수 없으며, 그것을 거부했을 때는 허위와 광기로 몰려 침묵을 강요당하게 된다. 따라서 념이란 권력과 지식의 담합을 통해 생산된 진실의 시뮬라시옹이며, 그것을 거부하여 침묵하고 소외당해야 했던 존재가 잡념이었다. 제1의 벽과 제2의 벽 사이에 존재했던 경계가 제1의 벽에서 생산된 념에 의해 허물어질 때, 끝임없이 그 경계를 도모하는 함민복은 끝까지 경계인으로 남고자 강화도에서 위조되지 않은 현실의 고독을 청산별곡으로 실행하고 있는지도 모른다.

V.

길과 그림자로 이어진
뻘의 상상력

– 함민복의 『말랑말랑한 힘』론

1. 서론
2. 길, 길 위의 다양한 삶과 그 궤적
3. 그림자, 존재의 이분법과 타자성
4. 뻘, 말랑말랑한 힘과 물컹한 말
5. 결론

1. 서론

함민복은 1962년 충주 출생으로 수도전기공업고등학교와 서울예전 문창과를 졸업하고 1988년『세계의 문학』에「성선설」등을 통해 등단한 시인이다. 그는 〈21세기 전망〉 동인으로『우울氏의 일일』(세계사, 1990)과『자본주의의 약속』(세계사, 1993),『모든 경계에는 꽃이 핀다』(창작과비평사, 1996)와『말랑말랑한 힘』(문학세계사, 2005)의 시집과 산문집으로『눈물은 왜 짠가』(이레, 2003)와『미안한 마음』(풀그림, 2006)을 상재했다.

『말랑말랑한 힘』이전 세 권의 시집을 통해 일관되게 형상화하고 있는 함민복 시의 화두는 자본주의이다. 자본주의는 필연적으로 근대의 문제와 연결될 수밖에 없다. 왜냐하면 근대는 자본주의의 생성·발전과 더불어 이루어진 필연적인 관계이기 때문이다. 함민복이 지속적으로 제기하는 자본주의에 대한 문제는 문명비판 혹은 세태비판의 형상화를 통해 나타나지만 그것은 '진실의 가면'[1]을 쓰고 있다.

그 가면의 안/밖은 자본주의와 표리의 관계를 이루는 근대의 해방/억압의 이중성에 대한 환유가 놓여 있다. 함민복이 그려내는 환유는 우리가 의식하지 못하는 은밀한 자본주의의 작동 방식이었고, 근대의 이면에 놓인 억압의 사슬에 끌려 다녀야 했던 근대인의 초상이었다.[2] 함민복은 비정한 자본주의를 그려내며 물신의 도시화 혹은 도시의 물신화 과정에 노출되어 있는 우리네 삶을 허구와 실재의 혼미한 경계의식을 통해 형상화하기도 한다.[3]

첫 시집 이후 세 번째 시집까지 3년 정도의 시간을 필요로 했지만『모든 경계에는 꽃이 핀다』와 네 번째 시집인『말랑말랑한 힘』사이엔 10년이 걸렸다. 세 번째와 네 번째 시집의 중간에 근작시 형태로『시안』(2001년 가을호)에 실린「뻘」외 4편의 시는 시인의 삶의 편린과 더불어 2005년도 24회 '김수영 문학상'과 동년 7회 '박용래 문학상'을 수상한, 네 번째 시집인『말랑말랑한 힘』을 예고하는 것이었다.

본고는 기존 세 권의 시집을 함께 아우르며 상호텍스트성을 통해「뻘에 말뚝 박는 법」을 중심으로 뻘과 근대성에 대한 시인의 사유를 고찰한 바 있다.[4] 이와 같은 맥락에서, 본고는 함민

---

1) 전정구,「진실의 가면」,『약속없는 시대의 글쓰기』, 시와시학사, 1995.
2) 노용무,「자본주의의 약속, 그 절망과 반란의 글쓰기」,『한국문학이론과 비평』18집, 2003. 3. 참조.
3) 노용무,「허구와 실재의 경계에 놓인 시학 ─ 함민복론」,『어문연구』4호, 2006. 2. 참조.
4) 노용무,「뻘의 상상력과 근대성에 대한 사유 ─ 함민복의 '뻘에 말뚝박는 법'을 중심

복의 『말랑말랑한 힘』을 중심으로 시인의 화두인 '자본주의'가 어떻게 변용되고 무엇이 지속되는가를 밝히고자 한다. 이러한 작업은 함민복 시인이 세 번째 시집 이후 10여 년의 시작 여정을 설명하는 단초가 될 수 있으며, 근대와 근대성을 성찰하는 '뻘'의 상상력을 이루는 근본 동력이란 무엇인가 혹은 그것에 이르는 길의 여로를 탐색하는 과정이 될 것이다.

2. 길, 길 위의 다양한 삶과 그 궤적

길은 동서양의 문학적 제양상을 통해 문학 내적 형식으로서의 여로의 의미를 지니고 있다. 동서고금을 막론하고 공히 길 또는 여로는 "새로운 것에의 기대와 실망과 우연성을 함께 포괄하면서 끊임없이 긴장으로 충전된 가장 확실한 공간"[5]이자 "근원적인 존재의 고향을 향한 동경의 열정이며, 그 열정의 강렬성, 맹목성에 의해 허무가 상대적으로 증대되어 대립하며, 찾던 길이 나타났을 때 여행은 필연적으로 끝나게 된다."[6] 이것은 곧 "길이 시작되자 여행은 끝났다."라는 명제로 표현되기도 한다.

이와 같은 루카치의 명제는 작품 속의 주인공이 언제나 무언가를 찾는 자임을 전제한 것이다. 여기서 찾는다는 단순한 사실은 목표나 그 목표에 이르는 길이 직접적으로 주어질 수 없다는

　으로」, 한국언어문학회, 『한국언어문학』 50집, 2003. 5. 참조.
5) 김윤식, 「허준론:소설의 내적 형식으로서의 '길'」, 『한국 근대리얼리즘 작가 연구』, 문학과지성사, 1988, 216면.
6) 김윤식, 『한국현대문학사』, 일지사, 1976, 203면.

것을 의미한다.[7] 그것은 작품 속 문제적 개인이 자신을 찾아가는 여행이며 타락한 세계 내에서 자기 인식으로 향하는 길이다. 루카치에 의하면 타락한 세계란 근대 자본주의 사회와 문화의 경제적 토대를 역사철학적 관점에서 성찰하여 근대적 인간들의 삶을 압축적으로 제시한 것이다.

길은 시작과 과정 그리고 끝을 필연적으로 수반하게 되는 하나의 내적 형식이며, 그 자체로서 작품의 구조가 된다. 길의 구조는 시간적·공간적 진행에 따라 자연스럽게 당대의 다양한 사회상과 함께 숨겨진 진실과 삶의 총체성을 드러내 보여주는 대표적인 형상화 방식이자 구조화의 원리가 되는 것이다.[8] 여기에서 "결여나 결핍, 훼손이나 훼절, 상실이나 상처의 흔적이 주인공으로 하여금 길을 떠나게"[9] 하기에 문제적이다. 왜냐하면 "다양한 길의 형상과 표상을 찾아내는 것은 인간에 대한 이해를 심화하는 일"[10]이자 길의 일반적 속성인 '지향성', '관계성', '선택'의 표상성 등과 긴밀히 반응하는 문제적 주인공의 사유를 탐색하는 여정이기 때문이다.

> 삐뚤삐뚤
> 날면서도

---

7) Georg Lukacs, 반성완 역, 『소설의 이론』, 심설당, 1985, 77면.
8) 김동환, 「소설의 내적 형식과 문학교육의 한 가능성」, 한국국어교육연구회, 『국어교육』, 1994.6, 35-6면 참조.
9) 우찬제, 「길트기의 나날」, 『타자의 목소리』, 문학동네, 1996, 164면.
10) 정혜경, 「길 모티프 소설에 나타난 '서사 공간'의 양상」, 국어국문학회, 『국어국문학』 144호, 244면.

꽃송이 찾아 앉는
나비를 보아라

마음아
–「나를 위로하며」 전문

『말랑말랑한 힘』의 모두를 차지하는 이 시는 시인이 사용하는 길의 속성을 보여주는 작품이다. 길은 중층적이고 다의적이다. 길은 물리적이고 관념적이기에, 외면적으로는 가시적 거리 또는 목적지로 인도하는 지표이지만 비가시적인 진리 또는 인간의 성숙 등의 내면적 면모를 나타내기도 한다. 여기에서 사용된 길은 가시적/비가시적 면을 모두 포괄하고 있다. 전자가 직선으로 곧바로 날아가지 못하고 느릿느릿 혹은 삐뚤삐뚤 날면서도 정확하게 자신의 목적지를 찾아 가는 나비의 길이고, 그 나비가 날아가는 길을 사유하는 '마음'의 길이 후자이다.

시적 화자는 나비처럼 길을 가지 못하는 자신의 내면을 반추한다. 시인은 길을 가되 나비처럼 정확히 자기가 갈 길을 정하고 가는 것이 아닌 우유부단하거나 마음을 정하지 못하고 있는 화자의 내면을 가감없이 드러낸다. 따라서 화자의 마음은 '나비'의 삐뚤삐뚤한 길로 투사되고, 그 길은 '마음'의 지향성을 내재하지만 내면에 대한 성찰을 전제로 가능한 것이다.

뒷산에서 뻐꾸기가 울고
옆산에서 꾀꼬리가 운다

새소리 서로 부딪히지 않는데
마음은 내 마음끼리도 이리 부딪히니
나무 그늘에 좀더 앉아 있어야겠다
　　　　　　　　　　　　　－「그늘 학습」 전문

아름다운 새소리가 들렸다

쓰름매미가 울음을 멈춘다

나비가 새소리 반대 방향으로 몸을 튼다

일순 배추꽃 노란색이 옅어진다

새소리가 아름답게 들리는

내 마음속에 존재하는 잔인함이여
　　　　　　　　　　　　　－「여름의 가르침」 전문

　「그늘 학습」은 「나를 위로하며」의 연장선상에서 '마음'의 길
과 그 성찰을 보여주는 작품이다. '나비'의 가시적 길과 '마음'의
비가시적 길의 형상화 원리가 투사였듯 '뻐꾸기'와 '꾀꼬리'의
부딪치지 않는 '소리'와 시적 화자의 내면에서 부딪치는 '마음'
역시 투사를 통한 상황의 아이러니를 연출한다. 그것은 「여름
의 가르침」에서 보여주는 시적 화자 내면의 또 다른 자아에 대

한 성찰의 길이기도 하다.

화자의 마음에 대한 성찰은 자신의 내면이 새소리를 아름답다고 느끼는 정서에 대한 인식으로부터 비롯한다. 이러한 인식은 쉽사리 얻어지는 사고의 결과가 아니다. 이 시가 지닌 특성은 행과 행의 관계가 연과 연으로 대치되는 구조이다. 한 행이 한 연으로 전이되는 구조는 행과 행 사이보다 연과 연 사이의 시공소로 확장케 하는 데 기여한다. 따라서 행이 연으로 바뀌면서 확장된 시간과 공간은 각 연의 호흡을 길고 넓게 함으로써 화자가 자신의 내면의 울림을 인식하는 과정적 의미를 부가한다.

새소리를 아름답다고 느끼는 인간의 마음은 새와 매미/나비의 약육강식엔 별 관심을 두지 못한다. 새소리가 울리면 쓰름매미는 자신의 존재를 새에게 은폐시키기 위해 소리를 멈추고, 나비는 새로부터 조금이라도 멀어지기 위해 도망간다. 한순간에 배추꽃 노란색으로 위장했던 곤충의 위장색이 엷어지는 듯하다.

심층적으로 볼 때, "일순 배추꽃 노란색이 엷어진다"는 시구는 화자의 내면 의식이 순간적으로 무의식을 느낀 상태를 암시한다. 새소리를 아름답다고 인지하는 것이 인간의 의식 세계라면 쓰름매미와 나비에게 있어 새소리는 동물계의 살벌한 약육강식을 은유하는 것이자 인간의 무의식을 표상하는 것이기도 하다. 그 의식의 세계를 잔인한 폭력적 마음으로 인지하는 것 또한 또 다른 의식이라 할 수 있다. 즉, 의식이 무의식을 의식한 것이라 할 수 있다.

여기에는 복잡한 삼중 코드가 작용한다. 첫째가 의식과 무의식은 근대적인 것과 전근대적인 것으로 연결되고 이는 곧 도시적인 것과 비도시적인 것으로 이어진다. 둘째는 인간이 지닌 마음의 명암 즉, 밝은 면과 어두운 면을 표상하는 빛과 그림자를 의미한다. 마지막으로 인간의 의식과 무의식은 일상적인 것과 일탈적인 것 즉, 도시적인 것과 비도시적인 것으로 다시 순환한다. 따라서 인간의 의식은 이성중심의 근대 지향성 혹은 도시적인 열망 그리고 이러한 계열체는 모두 밝은 면으로 인지되는 관념이다. 이에 비해, 인간의 무의식은 근대성으로부터 철저하게 타자화되었던 이성 이외의 대표적 마음인 감성으로 이루어진 것으로, 지양해야 할 가치의 전형으로 표상되는 전근대적인 사고와 마음의 어두운 면을 이루는 그림자이거나 비도시적인 것을 일탈의 속성으로 인지되는 특성을 지니고 있다.

이러한 점은 함민복이 「우울氏의 一日2」에서 언급했던, 우울씨가 겪었던 정신병을 '념'과 '잡념'의 관계로 진단했던 것과 연결시킬 수 있다.[11] 광기가 스스로를 정상적 또는 이성적이라고 생각하는 지식(념)들이 비정상적이라고 간주되는 지식(잡념)들을 침묵시켜 억압해왔던 역사라 할 때, 념과 잡념의 관계는 의식과 무의식의 대립양상으로 확장시킬 수 있다. 이 두 관계를 존속시키는 중요한 원리는 당대의 체계와 권력의 요구에 순응하는 사고만이 진실(념, 의식)이 될 수 있다는 점이다. 따라서

---

11) 노용무, 「허구와 실재의 경계에 놓인 시학−함민복론」, 앞의 논문, 296−297면.

그것을 거부하거나 순응하지 않을 경우, 침묵당하고 타자화되는 존재가 잡념이자 무의식이라 할 수 있다.

눈이 내렸다
건물 옥상을 쓸었다
아파트 벼랑에 몸 던진 어느 실직 가장이 떠올랐다

결국
도시에서의 삶이란 벼랑을 쌓아올리는 일
24평 벼랑의 집에 살기 위해
42층 벼랑의 직장으로 출근하고
좀더 튼튼한 벼랑에 취직하기 위해
새벽부터 도서관에 가고 가다가
속도의 벼랑인 길 위에서 굴러 떨어져 죽기도 하며
입지적으로 벼랑을 일으켜 세운
몇몇 사람들이 희망이 되기도 하는
                                    ―「옥탑방」에서

문이 문을 여는 빌딩을 기웃거리고
들이 아닌 강이 아닌 산이 아닌
식당에서나 음식물을 만나
죽은 고기를 씹고
똥물 내리는 물소리나 들으며
풀 냄새라곤 담배 냄새나 맡다가
                                    ―「귀향」에서

시인의 '마음'의 길은 의식에서 무의식으로, 혹은 '념'에서 '잡념'으로 그리고 근대적인 것에서 전근대 혹은 반근대적인 것으로 이어진다. 따라서 '마음'은 도시적인 것에서 연원하기에 도시는 "낯설지 않"은 존재가 되고 고향은 "낯선"(「귀향」) 공간으로 변모된다. 시인의 시력과 이 시집의 구성은 정확히 일치한다. 도시로부터 연원하는 모든 것은 "속도의 벼랑인 길"에서 시작하고 끝난다. 결국 "도시에서의 삶"이란 속도가 속도를 반성하지 못하는 가속도의 길이자 극소수의 "입지적으로 벼랑을 일으켜 세"운 삶이기 위해 끊임없이 벼랑을 타야하는 수직적 구조이다.

24평과 42층이 상징적으로 표상하는 배수의 세계는 기하급수적으로 증식하는 도시와 도시인의 욕망을 형상화하는 데 기여한다. 이러한 도시적 삶은 「귀향」에서 형상화하듯 이미 화자에게는 익숙한 공간으로 자리 잡았음을 드러내지만 그 어조는 도시의 길로부터 일탈한 또 다른 길에서 바라보는 시선이다.

> 참 늙어 보인다
> 하늘 길을 가면서도 무슨 생각 그리 많았던지
> 함부로 곧게 뻗어 올린 가지 하나 없다
> 멈칫멈칫 구불구불
> 태양에 대한 치열한 사유에 온몸이 부르터
> 늙수그레하나 열매는 애초부터 단단하다
>
> ─「감나무」에서

식물들은 살아온 몸뚱이가 가본 길이다

그도 죽어 길이 되었는지

골목길에 검은 화살표로 이정표를 남겼다
- 「길」 전문

옛사람들은 큰물이 났다고 하였으나
우린 水魔란 말을 쓴다

생각해 보면
우리가 물길을 막은 것 아닌가
물의 길에 우리가 살고 있었던 것 아닌가
바닷물을 데워
하늘로 올라가는 수증기의 길에 속도를 가했고
땅으로 내려오는 비의 길을 어지럽혀
어쩔 수 없이 폭우가 쏟아진 것 아닌가
- 「큰 물」에서

   도시의 길을 벗어나 서 있는 길이란 비도시적인 길 혹은 인공
적이지 않은 길인 자연의 길이다. 자연으로부터 연원하는 길에
섰을 때 시적 화자는 "멈칫멈칫 구불구불" 올라가는 감나무의
'하늘 길'이 보이고, 식물의 길이란 식물 그 존재 자체가 전 생애
에 걸쳐 가본 길이었음을 인지할 수 있다. 이 지점에 이르면 "길

도 길을 간다/ 제자리걸음으로/ 제 몸길을 통해/ 더 넓고 탄탄한 길로/ 길이 아니었던 시절로"(「길의 길」)에서 형상화하듯 길의 현상학적 상상력은 과거/현재/미래를 넘나드는 진폭을 더하게 된다.

예를 들어, 「폐타이어」에서 보여주듯, 구르는 것이 자신의 존재론적 의의임에도 불구하고 삶이 다해 폐타이어가 되었을지라도 아직 가보고 싶은 길 더 있어 그 길 위에 몸의 반을 묻고 드디어 길이 되었다는 상상력은 길의 미래일 것이다. 이에 비해 「백미러」의 경우, 도시의 길을 앞으로 가기 위해 뒤를 돌아보게 하는 백미러의 지독한 역설을 들어 죽였던 돼지와 잡았던 개를 떠올리는 지난했던 삶의 아련함을 떠올리는 모습은 과거의 길로부터 태동하는 반성적 사유를 보여준다.

반성적 사유란 '큰물'과 '수마'의 차이를 인식하는 데 있다. 전자가 옛사람들이 일컬었던 물의 은유라면 '물의 길', '수증기의 길', '비의 길'을 어지럽힌 우리 시대의 초상이 후자이다. "수마가 할퀴고 간 상처"가 자학적이라는 것은 우리 몸이 물이고 물은 생명이기 때문이다. 따라서 자학적이거나 반성적이라는 것은 현대인들이 폭우가 내리면 습관적으로 내뱉는 "수마가 할퀴고 간 상처"라는 수사에 대한 비꼼이자 인간의 시선으로부터 벗어나 물/수증기/비의 길 위에서 바라본 관점의 일탈이기도 하다.

3. 그림자, 존재의 이분법과 타자성

그림자는 빛이 있어야 가능한 존재다. 따라서 빛과 그림자는 존재의 양면성 혹은 이중성을 표상하는 전형적인 상징체계이다. 동서양을 막론하고 이와 같은 빛과 그림자의 상징은 차이가 없다. 그림자는 육신도 아니고 영혼도 아닌 그 중간쯤 되는 것으로, 생명의 실체나 영혼의 모습이라는 인식과 함께 제2의 인간 자아, 또 다른 자아라는 관념이 파생되었다.[12] 주인의 분신으로서 삶의 정수이자 생명의 힘을 대변하는 살아있는 실체로서의 의미를 지닌 그림자는 분석심리학의 창시자 융에 이르면 무의식의 열등한 인격을 대변하는 용어로 나타나기 시작한다.

분석심리학에서의 그림자는 글자 그대로 매우 확대 가능한 개념이다. 때로는 융의 개인적 무의식에 남아 있는 콤플렉스로서, 대개 동일한 성性, 비슷한 직업을 가진 사람들 사이에 투사되어 마치 남들에게 있는 열등한 성격 경향처럼 인식된다. 그런데 이를 넘어 집단적 무의식의 내용인 원형상들이 모두 밝은 면과 그늘진 면을 가진다고 해서 그림자 원형이라는 말도 쓴다.[13]

그림자 원형은 명암을 동반하는 상징이다. 헤겔에 의하면, 사물은 명확한 빛과 어둠 속에서만 구분될 수 있고(빛은 어둠에 의해 확인되며, 따라서 그것은 어두워진 빛이고, 어둠은 빛에 의해 확인되며, 따라서 그것은 밝혀진 어둠이다.), 이러한 이유 때문에 오로지 어두워진 빛과 밝혀진 어둠만이 그 자신들 속에

---

12) 한국문화상징사전편찬위원회, 『한국문화 상징사전』, 1992, 90면.
13) 한국문화상징사전편찬위원회, 위의 책, 93면.

차이의 계기를 가지고 있다[14)고 말한다. 따라서 그림자는 밝음과 어둠의 속성을 동시에 내포하며 각각의 속성은 서로를 통해 존재적 의의를 지니게 된다.

이러한 상징체계는 동서양 문명의 발달 과정과 연계되어 깊숙이 관여한다. 한 문명 내 한 사회에서 용인된 진리는 그 사회 구성원의 동일성을 바탕으로 비구성원 즉 사회적 타자들의 비동일성을 통해 받아들여지는 상대적 개념이다. 이때 그 사회 내에서 수용되는 집단 문화는 용인하는 것과 금기시하는 것으로 양분되는바 전자가 밝은 면을 후자가 어두운 면을 각각 지칭한다. 따라서 전자는 한 사회 내에서 용인되거나 권장되어야 할 진리가 되지만 체재 내적으로 수용할 수 없거나 배격되는 금기 등의 양상으로 나타나는 것이 후자이다.

후자인 그림자는 어둠의 상징이다. 그러나 어둠은 밝음의 근거이기도 하다. 함민복의 '우울씨'가 겪었던 우울증을 통해 설명한다면, 스스로를 정상적/이성적이라 간주되는 지식(념, 의식, 밝은 면)들이 비정상적/비이성적이라 간주하는 지식(잡념, 무의식, 어두운 면)들을 주변화/타자화했던 광기의 역사라 할 수 있다. 여기에서 정상적/이성적으로 지칭되는 것(념/의식/밝은 면)은 자체로 밝은 면과 어두운 면을 동시에 지니고 있지만 자신의 어두운 면을 끊임없이 비정상적/비이성적(잡념/무의식/어두운 면)인 것에 투사한다. 예를 들어, 남성은 여성에게, 백

---

14) 빅토르 I. 스토이치타, 이윤희 역, 『그림자의 짧은 역사』, 현실문화연구, 2006, 9면.

인은 유색인종에게, 그리스도교는 이교도에게, 제국주의국가
는 식민지에게 끊임없이 투사를 해왔다. 언제나 끔찍한 비극으
로 점철되는 투사의 인류사는 폭력적 서열제도의 근간을 이루
는 근대적인 것과 전근대적인 것의 이분법으로 현재에 이르고
있다.

문명과 야만의 이분법은 빛과 그림자의 단순명쾌한 마니교
적 이미지로 분화되지만 "빛을 밝히는 것은 곧 그림자를 만드는
것이다."[15) 로버트 존슨에 의하면, 우리는 모두 이런 투사로부
터 자유롭지 못하며, 누군가를 끝없이 '그들'이나 '타자'로 간주
하기에 '그림자 감싸안기'를 통한 '전일성'의 구현에 목표를 두
어야 한다. '그림자 감싸안기'는 자신의 어두운 면이라 치부하
는 버려야 할 것, 불명예스러운 것, 금기시하는 것 등에 의식의
빛을 투과시켜 바로 자신의 그림자를 들여다보고 껴안는 작업
을 말한다. 이러한 그림자 껴안기를 통해 되찾은 '전일성'은 문
화가 표방하는 이상과 덕목 때문에 상실하게 된 인간의 속성의
복원을 말한다.[16)

> 그 작던 씨앗의 그림자 땅 속으로 들어가
> 저리 길다란 그림자를 캐내고 있다
>
> 기억이여

---

15) 로버트 존슨, 고혜경 역, 『당신의 그림자가 울고 있다』, 에코의서재, 2007. 32면.
16) 로버트 존슨, 고혜경 역, 위의 책, 11 - 23면.

태양빛으로 빚은 그림자의 씨앗
머리에 촘촘히 박고 서 있는

―「해바라기」 전문

　"씨앗의 그림자"와 "그림자의 씨앗"은 하나의 실체를 이루는
두 요소이다. '씨앗의 그림자'는 땅 속에 존재하면서 보이지 않
는 역할을 감내하는 해바라기의 뿌리이다. 그 뿌리는 "강철 면
도날 수백 개/ 밀어 온 수염// 뿌리의 힘"(「뿌리의 힘」)을 지닌
근본적인 동력이자 존재의 근원이기도 하다. 그러나 그 뿌리는
보이지 않거나 "저리 길다란 그림자"를 캐내는 지난한 여정은
간과되기 일쑤인 존재이다. 그 여정을 통해 생성된 줄기와 잎은
다시 "그림자의 씨앗"을 "머리에 촘촘히 박고 서 있"다가 다시
땅으로 돌아오는 순환의 삶 속에 놓여 있다. 보이는 것과 보이
지 않는 것 혹은 존재하는 것과 존재하지 않는 것의 차이는 대
상의 그림자를 인식하는 사유에 놓여 있다. 그 사유의 핵심은
"기억이여"에서 나타나듯 기억하기이다.

떠나는 것 별일 아니라고
구름 그림자는 가파르게
단풍 든 산도 쉽게 지나는데
국화 향기에 발걸음 멈춘
무거운 마음

―「아, 구름 선생」에서

당신 그리는 마음 그림자
아무 곳에나 내릴 수 없어
눈 위에 피었습니다

ㅡ「달과 설중매」에서

천만 결 물살에도 배 그림자 지워지지 않는다

ㅡ「그리움」 전문

　기억하기는 보이지 않는 것 혹은 존재하지 않는 것으로 인식
되었던 '그림자'에 대한 사유의 과정으로 나타난다. 그 과정은
대상과 그림자의 이분법으로부터 연원하는 그 간극을 좁히는
형상화 방식으로 집약할 수 있다. 그것은 그리움의 정서이다.
시인은 그립다는 정서를 시적 대상에 이입함으로써 시적 대상
과 그 대상의 그림자 사이의 괴리를 복원하고자 한다.
　「아, 구름 선생」의 경우, 구름의 이동 경로를 탐색하는 시적
화자의 시선에 놓인 것은 구름이 아닌 '구름의 그림자'이다. 일
반적으로 구름은 자유롭게 흐른다는 개념을 지니고 있는 이미
지로 새, 바람 등과 더불어 벽, 철조망, 경계 등의 이미저리를
자유롭게 넘나드는 표상으로 읽힌다. 따라서 "떠나는 것 별일
아니라"는 시구는 구름의 일반적인 이미지로부터 파생된 시적
상황으로, 구름과 구름의 그림자 공히 부여되는 시적 진술이다.
그러나 '떠나는 것'은 이별을 뜻하기에 떠남과 남음이 전제되어
야 한다. 떠날 당시의 하늘길 위에 선 것이 구름이라면 움직이

기 직전 구름의 그림자는 국화에 드리워져 있었을 것이다.

이러한 시적 상황은 「달과 설중매」에서도 반복된다. 이별이나 떠남은 누군가로부터 헤어짐을 동반하기에 그 기본적인 정서는 만남에의 희구라 할 수 있다. 남겨진 자의 외로움은 떠난 자의 그리움과 동의어이다. "당신 그리는 마음 그림자"의 그리움은 「그리움」의 "천만 결 물살에도 배 그림자 지워지지 않는다"에서 집약적으로 형상화된다.

배와 배 그림자 그리고 물살을 통해 그리움의 정서를 효과적으로 형상화하고 있는 이 시는 한 행의 짧은 시구가 촌철살인의 미학적 전형을 어떻게 보여주는가를 제시하는 작품이다. 즉, 아무리 거센 파도가 쳐도 배가 가라앉지 않는 한 배 그림자는 없어질 수 없다는 객관적 사실과 인간의 정서인 그리움을 접합함으로써 잊을 수 없고 잊히지 않는 그리움의 시적 상황을 극대화시킨 것이다. 간과할 수 없는 것은 그리움의 정서를 배가 아닌 배 그림자를 통해 읽어낸다는 점이다. 그림자를 읽어내는 방식 혹은 그림자를 형상화하는 원리는 그림자의 타자성을 인지하는 것으로부터 시작한다.

반쪽 달이 떴다

달무리가 둥글다

― 「환한 그림자」 전문

'반쪽 달'이란 반달일 터이지만 '달무리'는 온전히 둥글다. 반달의 나머지란 달의 그림자이다. 반달의 나머지인 그림자가 합쳐질 때 달무리는 비로소 둥근 원형을 이룬다. 객관적으로 말하자면 반달의 나머지는 지구의 그림자이지만 현상적으로는 달을 가리는 검은 막이기도 하다. 일반적으로 우리가 보기에 반달은 원형의 달 즉 보름달에서 반절이 보이지 않는 달을 뜻하기에 '환한 그림자'는 역설적이다.

 반달이 뜨고 달무리가 현현한다는 객관적 사실은 달의 보이지 않은 검은 그림자를 환하다는 밝은 이미지로 변주하여, 본시 대상의 본질을 이루는 존재이자 인간의 시각 속에 잊히는 달의 그림자에 대한 무의식을 환기시키는 작용을 한다. 따라서 '환한 그림자'는 반달 속에서 보름달을 떠올리는 상상력이자 감추어지거나 보이지 않는 진리에 대한 사유인 '그림자 껴안기'라 할 수 있다. 이러한 '그림자 껴안기'는 자신의 내면에 놓인 주변화되거나 타자화의 대상인 '잡념/무의식/어두운 면'에 대한 회복에의 열망이자 '전일성'을 향한 정당한 복권에의 의지이기도 하다.

> 태양이 어서 일터로 나가라고
> 넥타이를 매주듯 그림자를 매주었다
> 농부들이 들판에서 그림자를 파내고 있었다
>
> 달이 뒤에서 앞에서 자신의 포즈까지 바꾸며

뒷모습만 나오는 흑백 그림자를 찍어 주었다
올빼미가 제 그림자가 되어준 들쥐를 내리 쪼았다

불빛 속에서 그림자가 화들짝 튀어나왔다
죽음만이 실재하고 살아가는 모든 일들이
죽음의 그림자일 뿐이라는 생각이 타올랐다
　　　　　　　　　　　　　　　　－「질긴 그림자」 전문

금방 시드는 꽃 그림자만이라도 색깔 있었으면 좋겠다

어머니 허리 휜 그림자 우두둑 펼쳐졌으면 좋겠다

찬 육교에 엎드린 걸인의 그림자 따듯했으면 좋겠다

마음엔 평평한 세상이 와 그림자 없었으면 좋겠다
　　　　　　　　　　　　　　　　　　－「그림자」 전문

　「질긴 그림자」는 시간의 흐름에 따른 구성을 보이는 작품이다. 태양－달－불빛으로 이어지는 연쇄적 흐름은 처음－중간－끝, 혹은 오전－오후－밤으로 대변되는 인생의 삶 그리고 죽음에 이르는 요소들을 은유한다. 여기에서 그림자는 시간의 흐름이나 생의 변화와 관계없이 대상의 어두운 면을 표상하는 단계를 넘어 존재를 이루는 중요한 요소로 환기된다. 농부와 올빼미 그리고 죽음 등 일련의 대상이 지닌 그림자는 모두 자신의 존재적 의의를 함축하는 또 다른 존재자들이다. 그러한 존재자로서의 그림자가 대상과 결부될 때 비로소 그 대상의 존재론적 의의를 담보하게 되는 것이다. 「그림자」에 이르면 시적 대상과 대상의 그림자에 대한 '그림자 껴안기'를 통한 '전일성'의 구축을 보여준다.

'-이라도'의 시적 전략은 대상으로부터 연원하는 그림자에 대한 연민과 더불어 지향성의 개념을 내재하게 하는 장치이다. 그것은 대상이 지닌 부재와 안타까움을 바라보는 시적 화자의 욕망과 관련되어 있다. 왜냐하면, 시적 화자의 욕망이란 금방 시드는 꽃, 어머니의 흰 허리, 노숙 걸인, 부조리한 세상을 향한 지양과 더불어 그 해소를 향한 지향에 다름 아니기 때문이다. 이러한 맥락은 '-좋겠다'의 구문과 결부될 때 그 의미가 더 한층 분명해지며, "내가 살고 있는 현재는 내 유년의 그림자 같았습니다. 유년의 삶이 지금 내 삶을 그려주는 커다란 모체라는 깨달음"이 놓이는 자리이자 "도회지에서 만나는 딱딱한 불의 글씨가 아닌 말랑말랑한 물의 글씨"[17])를 인식하는 근간이기도 하다.

4. 뻘, 말랑말랑한 힘과 물컹한 말

길과 그림자는 시인의 강화도 삶의 면모를 보여주는 매체이

---

17) 함민복, 「섬이 하나면 섬은 섬이 될 수 없다—섬이 섬에게 보내는 편지」, 『말랑말랑한 힘』, 문학세계사, 2005. 130면.

다. 시인은 강화도에서의 삶을 경계로 그 전과 후를 다음과 같이 말한다. "제가 살던 곳은 항상 재개발이 됐어요. 저는 계속 주변으로 밀려났고요. 서울 금호동, 상계동, 일산을 거쳐 강화도에 들어왔어요. 고향을 떠나서 살던 곳 중에서 여기가 가장 오래 됐네요."[18] 여기에서 강화도에 이르는 길이 도시로부터 연원하는 길이었음을 알 수 있다. 재개발이란 도시의 외연을 확장하는 자본의 생리이다. 자본주의적 인간형 모두가 념/의식/중심을 향해 끊임없는 욕망을 불태울 때 시인은 자의든 타의든 스스로를 잡념/무의식/주변으로 내몬다.

"낯선 섬에 들어와 혼자 살다 보니 매일 대면하는 게 길이고 그림자였다"는 진술을 통해서 알 수 있듯이, 강화도는 철저하게 도시와 자본으로부터 일탈한 '낯선' 공간이자 시집의 주조음인 '그리움'을 배태하는 근본적인 동력이었다. 여기에서 그리움이란 정서는 길과 그림자의 이미저리를 통해 형상화했던 지향으로서의 내연을 지닌다. 길 이미지는 도시의 길이 아닌 구름, 나무, 물 등으로 표상되는 자연의 길과 인간의 의식으로부터 새소리를 아름답게 듣지 못하는 자연계로의 시선 이동 등을 매개로 하는 무의식에로의 길을 형상화하는 질료이다. 그림자 이미지는 '빛'의 제국하에 인식되었던 '어둠'의 타자성을 중심으로, 한 사회 내의 권력 혹은 진리로부터 타자화된 주변부적 주체들에 대한 연민을 투사하는 매체이다.

---

18) 최영진, 「강화도에서 어부로 살아가는 시인 함민복의 일상」, 『레이디 경향』, 2005년 11월.

길과 그림자를 통한 지향으로서의 투사는 궁극의 지향점에 대한 그리움의 정서를 필연적으로 동반하게 된다. 도시로부터 연원하는 길과 그림자는 시인을 강화도로 이끌게 했고, 역으로 강화도는 도시의 이면에 놓인 자연의 길과 주변화되고 타자화된 그림자의 본질을 껴안을 수 있는 직접적인 계기가 된다. 시인은 도시인 모두가 자본의 논리를 향한 욕망을 직간접으로 드러낼 때 도시와 자본으로부터 소외된 주변부로 스스로를 위치지운다. 그러나 스스로를 주변부로 위치지운 강화도는 역설적으로 도시의 실체를 재확인하는 자리이자 비도시적인 것의 타자성을 성찰하는 계기이기도 했다.

> 잊었는가 바벨탑
> 보라 한 건물을 쌓아 올린 언어의 벽돌
> 만리장성, 파리 크라상, 던킨 도너츠
> 차이코프스키, 노바다야끼……
> 기와불사하듯 세계 도처에서 쌓아 올리고 있는
> 이진법 언어로 이룩된
> 컴퓨터 데스크塔
>
> 이제 농촌이 도시를 베끼리라
> 아파트 논이 생겨
> 엘리베이터 타고 고층 논을 오르내리게 되리라
> 바다가 층층이 나누어지리라
> 그렇게 수평이 수직을 다 모방하게 되는 날

온 세상은 거대한 하나의 탑이 되고 말리라

　　　　　　　　　　　　　　　　　　　　　　　－「김포평야」에서

딱딱한 것들을 부수고
더운 곳에 물을 대며
살아가던 농촌에도
딱딱한 건물들이 들어선다

뭐 좀 말랑말랑한 게 없을까

　　　　　　　　　　　　　　　　　　　　　　　－「감촉여행」에서

　물신화된 도시는 자본주의의 집적체이다. 자본은 끊임없는
자가증식을 속성으로 하는 욕망의 구조로 되어 있다. 따라서
자본과 도시는 '더욱 더'의 슬로건을 내걸고, 늘어나는 도시의
규모와 도시인의 증가, 줄어드는 도시 이외의 지역과 비도시인
을 지속적으로 양산해 낸다. 자본의 증식 과정과 도시 외연의
확장은 정비례하기에 필연적으로 비도시 지역의 도시화라는
내연을 함축할 수밖에 없다. 왜냐하면 도시적 일상은 농촌의
생활방식 전반을 바꿀 수 있을 정도로 강력한 것이기 때문이다.
　「김포평야」에서 형상화하고 있는 것은 도시문명에 대한 묵
시적 계시록이다. "만리장성, 파리 크라상, 던킨 도너츠/ 차이코
스스키, 노바다야끼" 등 문명의 상징으로 대두된 '바벨탑'은 0과
1의 언어로 조합된 "컴퓨터 데스크塔"으로 대체된다. 도시의 미
래를 향한 예측은 더 이상 미래형이 아니다. 현재, 도시의 변화

속도는 진행형이자 지속적이며 가속적이다. 따라서 시인에게 있어 '잊었는가'는 '바벨탑'으로부터 '데스크塔'에 이르기까지 도시문명이 지닌 과거와 현재의 상황을 함축한다. 더 이상 도시의 문명은 미래형으로 다가오지 않는다. 그러나 "이제 농촌이 도시를 베끼리라"에 이르면 도시적 일상이 비도시적 일상을 잠식할 것임을 예언하는 것이다.

일반적으로 농촌은 중심에 대한 주변의 의미를 전형적으로 지니는 과거형이자 정체적이며 고답적인 보존의 대상일 뿐이었다. 이러한 시선은 「감촉여행」에서도 반복된다. 농촌이란 "딱딱한 것들을 부수고/ 더운 곳에 물을 대며" 사는 공간이자 도시의 수직적 구조와는 다른 '수평을 잡는 일'이자 '수평에서의 삶'을 유지하는 도시의 보루이다. 그러나 도시의 증식은 농촌에까지 확장되고 '—리라'의 계시적 어미를 반복적으로 활용하여 도시와 농촌의 무너지는 경계를 형상화하는 데 기여한다. '딱딱한 건물'들은 더 이상 도시의 상징이나 문명의 마천루만을 의미하지 않는다. 농촌에도 도시의 건물들이 이미 들어서 있기 때문이다. "아파트 논"이 들어서거나 "바다가 층층이 나누어"질 때 수평의 미래는 존재하지 않을 것이다. 수직으로 점철된 미래의 세상은 자본의 "거대한 하나의 탑"이 될 것이기 때문이다.

도시로부터 연원하는 시인의 감촉여행은 "메주 띄울 못 하나 박을 수 없는" 딱딱함을 대신할 "뭐 좀 말랑말랑한 게 없을까"를 충족하기 위한 탐색의 여정으로 점철되는 이유가 여기에 있다.

못도 박을 수 없는
네온사인이니
예수님 피 흘려도 보이지 않을
네온사인이니

빛으로 거기 항상 있지 않고
보고 싶은 마음에 보여
무거운 죄
메주 덩어리처럼 매달 수도 있게

새똥 덕지덕지
나무였으면
비바람에 썩는
나무였으면

－「그리운 나무십자가」에서

돌에는
세필 가랑비
바람의 획
육필의 눈보라
세월 친 청이끼

덧씌울 문장 없다
돌엔
부드러운 것들이 이미 써 놓은

탄탄한 문장 가득하니

돌엔
돌은
읽기만 하고
뾰족한 쇠끝 대지 말자

─「돌에」에서

말랑말랑함은 딱딱함이나 뾰족함을 보정하는 부드러움을 내
포한다. 딱딱함이나 뾰족함을 지닌 '네온사인 십자가'나 '쇠끝'
은 인위적이자 인공적이다. 따라서 인위적이나 인공적인 것은
자연스럽지 못한 부자연스러움을 뜻하기에 도시의 문명 전체
를 함축하는 이미지라 할 수 있다. 곧, 못을 박을 수 있거나 예
수님의 흘린 피를 느낄 수 있는 혹은 매주 덩어리나 새똥이 붙
어 있는 자연스러움이 결여된 '네온사인 십자가'나 '쇠끝'은 도
시적 풍경일 뿐이다.

　길과 그림자가 강화도에 이르는 길은 네온사인 십자가가 아
닌 나무 십자가를 찾아가는 탐색이자 쇠끝이 닿지 않고 비바람
으로 덧칠된 돌을 향한 여정이다. 그것은 인공이나 인위적인
것으로부터 자연으로의 회귀이며 도시의 길로부터 자연의 길
또는 그림자의 타자성을 껴안는 지난한 과정을 통해 다다른,
서해바다로 나아가는 통로인 뻘과 맞닿아 있다.

뻘에 말뚝을 박으려면
긴 정치망 말이나 김 말도

짧은 새우 그물 말이나 큰 말 잡아 줄 써개말도
말뚝을 잡고 손으로 또는 발로
좌우로 또는 앞뒤로 흔들어야 한다
힘으로 내리 박는 것이 아니라
흔들다보면 뻘이 물러지고 물기에 젖어
뻘이 말뚝을 품어 제 몸으로 빨아들일 때까지
좌우로 또는 앞뒤로 열심히 흔들어야 한다
뻘이 말뚝을 빨아들여 점점 빨리 깊이 빨아주어
정말 외설스럽다는 느낌이 올 때까지
흔들어주어야 한다

수평이 수직을 세워

그물 넝쿨을 걸고
물고기 열매를 주렁주렁 매달 상상을 하며
좌우로 또는 앞뒤로
흔들며 지그시 눌러주기만 하면 된다
　　　　　　　　　　　　　－「뻘에 말뚝 박는 법」 전문

　시집『말랑말랑한 힘』의 근간이자 뻘의 상상력을 함축적으로 제시하고 있는 이 작품은 "수평이 수직을 세워"에서 형상화한, '수평이 수직을 세우는 논리'[19]를 핵심으로 한다. 뻘에 말뚝을 박는 방식은 도시의 수직적 사고와 비도시 지역인 뻘의 수평적 사고를 함축하는 매개이다. '말뚝'이 근대의 도구적 이성을 의미할 때 자연 그 자체를 뜻하는 것이 '뻘'이다. 따라서 인류의 문명사적 관점에 선 '말뚝'과 그 문명의 극단을 경고하는 생태학적 시선의 '뻘'은 대화적 상상력을 통해 그 대립과 반목을 조화시키고 치유하는 상징이라 할 수 있다.

'뻘'은 "말랑말랑한 힘"(「뻘」)을 속성으로 하는 딱딱함이 아닌 부드러움을 지닌 공간이다. '뻘'의 말랑말랑함 혹은 부드러움은 도시의 마천루가 세워지는 딱딱함의 세계와 교호하며 그 조화를 모색하는 시인의 사유를 드러내는 결정체이다. "딱딱한 놈들도 부드러운 놈들도/ 제 몸보다 높은 곳에 집을 지은 놈 하나 없네"(「뻘밭」)에서 형상화하듯, 시인의 내면에 놓인 뻘은 수평이 수직을 받아들이는 혹은 확산일로에 있는 수직적 사고의 파급현상을 성찰하는 시선의 한가운데에 있다.

이와 같은 맥락에서 "무엇을 만드는 법을 보여주는 게 아니라/ 함부로 만들지 않는 법을 펼쳐 보여주는/ 물컹물컹 깊은 말씀"(「딱딱하게 발기만 하는 문명에게」)은 자연의 질서에 대한 외경의식을 드러내는 것이자 도시로부터 연원하는 길과 그림자가 다다른 마지막 여로이기도 하다. 그러나 시인의 사유는 정체되어 있지 않다. 왜냐하면 자연의 질서에 순응하면서 살아가는 강화도의 삶조차도 점차 도시의 욕망으로부터 자유롭지

---

19) 노용무, 「뻘의 상상력과 근대성에 대한 사유−함민복의 '뻘에 말뚝 박는 법'을 중심으로」, 앞의 책, 참조.

못하기 때문이다. "뻘이 딱딱해진다는/ 너무 슬픈 애기라 함부로 글을 쓸 수 없"(「어민 후계자 함현수」)다는 시인의 고백은 근대, 모더니티 혹은 세계화, 글로벌이란 화려한 수사에 감추어진, 지구 온난화, 미국적 사고방식 등 이미 우리 사회에 편만해진 수직적 사유를 다시금 재인식해야 한다는 제3의 또 다른 근대성을 떠올리게 한다.

5. 결론

이 글은 함민복의 네 번째 시집 『말랑말랑한 힘』을 중심으로 시인의 화두인 '자본주의'가 어떻게 지속되고 변용되는가를 고찰하는 데 있었다. 이에 따라 본고가 주목한 것은 '뻘'의 상상력이었다. '뻘'은 도구적 이성으로 무장한 근대와 근대성을 사유하는 시인의 상징적 기표이자 대안적 근대 혹은 반근대의 미학적 추구를 의미하는 기의이기도 하다. 따라서 그러한 시인의 사유를 탐색하는 과정에서 중요하게 대두된 것이 길과 그림자 모티프였다.

길 이미지는 「나를 위로하며」, 「그늘 학습」, 「여름의 가르침」 등의 시편에서 나타나는, 인간의 의식으로부터 자연계로의 시선 이동 등을 매개로 하는 무의식에로의 길을 형상화하는 질료와 「감나무」, 「길」, 「큰 물」 등의 시편에서 형상화하였던, 도시의 길이 아닌 구름, 나무, 물 등으로 표상되는 자연의 길로 대별되는 특징을 지니고 있다. 그림자 이미지는 「해바라기」, 「달과 설중매」,「그리움」 등의 시편을 통해 그리움의 정서를 효과적으로 전달하는 시적 장치이자 '빛'의 제국하에 인식되었던 '어둠'의 타자성을 중심으로, 한 사회 내의 권력 혹은 진리로부터 타자화된 주변부적 주체들에 대한 연민을 투사하는 매체로써 기능한다.

길과 그림자를 통한 지향으로서의 투사는 궁극의 지향점에 대한 그리움의 정서를 필연적으로 동반하게 된다. 도시로부터 연원하는 길과 그림자는 시인을 강화도로 이끌게 했고, 역으로 강화도는 도시의 이면에 놓인 자연의 길과 주변화되고 타자화된 그림자의 본질을 껴안을 수 있는 직접적인 계기이자 근대와 근대성을 지향하는 현대인을 향한 묵시적 계시록을 보여주는 '뻘'의 상상력이 놓인 자리이기도 하다.

VI.

장소의 기억과 사물의 존재

– 함민복의 『눈물을 자르는 눈꺼풀처럼』론

1. 서론

2. 공간의 장소화와 장소의 관념화

3. 존재의 투사와 존재성의 현현

4. 궁극의 사물성, 수직과 수평의 논리

5. 결론

VI

1. 서론

함민복은 1988년 『세계의 문학』으로 등단하여 최근에 이르기까지 일관된 시작 태도를 견지하는 시인이다. 그는 『우울氏의 一日』(1990), 『자본주의의 약속』(1993), 『모든 경계에는 꽃이 핀다』(1996), 『말랑말랑한 힘』(2005)을 상재하고 2014년에 다섯 번째 시집인 『눈물을 자르는 눈꺼풀처럼』을 발간한다. 이러한 일련의 시집 발간은 초기에 집중적으로 이루어지만 네 번째 시집부터 최근의 시집에 이르는 간행 주기의 시간차가 벌어짐으로써 3년 주기의 세 번째 시집과는 다른 양상을 보여주기도 한다.

함민복의 초기 시편이 강렬한 비판정신을 근간으로 자본과 자본주의를 직간접으로 형상화하면서 근대와 근대성을 상징적으로 드러냈다면, 간행 주기가 길어진 시집부터는 근대성에 대한 저항적 시선을 담보하면서 반근대와 성찰적 근대성의 따스

한 몸부림을 '말랑말랑'한 언어적 상상력으로 풀어낸 바 있다. 함민복과 그의 시에 대한 연구는 본격적인 학술논문[1]과 시평 및 단평[2]으로 자못 비중있게 다루어지고 있다. 그러나 한국 사회의 제문제를 시적으로 성찰한 중견시인 함민복에 대한 활발한 논의는 이루어지고 있지 못한 실정이다. 이러한 실정은 현재 활동 중인 시인이라는 점 때문에 본격적인 학문적 관심이 소수의 연구자에게만 한정되어 있다는 사실과 맥락을 같이한다. 그러나 한국현대시의 일정한 역할을 담보하면서 대중적 인지도

1) 노용무, 「자본주의의 약속, 그 절망과 반란의 글쓰기」, 『한국문학이론과 비평』 18, 2003.
   노용무, 「뻘의 상상력과 근대성에 대한 사유 – 함민복의 「뻘에 말뚝박는 법」을 중심으로」, 『한국언어문학』 50, 2003.
   노용무, 「허구와 실재의 경계에 놓인 시학 – 함민복론」, 『어문연구』 4, 2006.
   노용무, 「길과 그림자로 이어진 뻘의 상상력 – 함민복의 『말랑말랑한 힘』론」, 『한국언어문학』 65, 2008.
   황기남, 「함민복 시 연구」, 한국교원대 석사논문, 2008.
   허현경, 「함민복 시에 나타난 '일상성' 연구」, 한국교원대 석사논문, 2012.
2) 이경호, 「텔레비전 속의 현실과 우울증의 나르시시즘」, 『우울씨의 일일』, 세계사, 1990.
   함성호, 「공포의 서정, 환위의 시학」, 『자본주의의 약속』, 세계사, 1993.
   전정구, 「진실의 가면 – 함민복론」, 『오늘의 문예비평』, 1994년 가을.
   문선영, 「패러디와 문화비평」, 김준오 편, 『한국 현대시와 패러디』, 현대미학사, 1996.
   오세영, 「이미저리의 직조 – 정해종, 함민복, 이인순」, 『변혁기의 한국 현대시』, 새미, 1996.
   차창룡, 「달빛과 그림자의 경계에 서서」, 『모든 경계에는 꽃이 핀다』, 창작과비평사, 1996.
   백인덕, 「90년대 시에 나타난 서정 인식의 변모 양상」, 한국언어문화학회, 『한국언어문화』 18집, 2000.
   이경수, 「뻘의 상상력과 시의 운명」, 『시안』 2001년 가을호.
   이혜원, 「평범한 마음의 길」, 한국간행물윤리위원회, 2005.
   김혜니, 「우주창조의 비밀 '모든 경계에는 꽃이 핀다'를 중심으로」, 『이제 희망을 노래하련다 : 90년대 우리시 읽기』, 이화현대시연구회, 2009.
   문혜원, 「경험에서 이끌어낸 실존론적 사유」, 『눈물을 자르는 눈꺼풀처럼』, 창비, 2013.

를 확보하고 있는 빼어난 시적 감수성의 시인이란 측면에서 시인에 대한 더욱 활발한 논의가 필요하다 할 수 있다.

　이 글은 함민복의 다섯 번째 시집인『눈물을 자르는 눈꺼풀처럼』을 중심으로 공간과 장소를 통해 형상화되는 존재의 의미를 추적하고자 하는 데 목적을 둔다. 이러한 연구의 목적은 지금까지 이루어진 함민복의 시적 경향을 관통하는 시작 태도가 8년 만에 내놓은 다섯 번째 시집에 어떻게 지속되고 변용되어 있는가를 고찰하는 작업과 긴밀하게 연관된다. 따라서 본고는 최근의 시집에서 형상화된 주요 시적 주제가 어떤 시적 상상력을 통해 초기부터 일관되게 지속하는가라는 측면과 이 시집만의 시적 정체성을 무엇으로 규정할 수 있는가라는 이중의 과제를 수행하고자 한다.

2. 공간의 장소화와 장소의 관념화

　시인의 존재는 시 작품을 전제로 가능하며 시 작품은 시인의 구체적인 삶의 현장을 전제로 가능하다. 문학에서 형상화된 장소는 한 작가의 생애와 작품을 고찰하는 토대이자 시정신을 파악하는 근간이다. 장소는 고유한 입지, 경관, 공동체에 의하여 정의되기보다는 특정 환경에 대한 경험과 의도에 초점을 두는 방식으로 정의된다. 따라서 장소는 추상적 개념이 아닌 생활 세계가 직접 경험되는 현상으로 의미 · 실재 · 사물 · 계속적인 활동으로 가득 차 있다. 인간 실존의 심오한 중심으로 모든 장소는 자연물과 인공물·활동과 기능·의도적으로 부여된 의미가 종합된 총체적인 실체이다.[3] 인간이 장소와 맺는 본질적 관계와 이 장소를 통해서 공간과 맺는 본질적 관계는 인간 존재의 본질적 속성인 거주에 있다.[4]

거주의 문제는 인간 존재의 삶과 경험의 영역에 해당하는 생활의 세계이다. 따라서 거주는 생활의 문제이고 그것은 필연적으로 장소와 연관된다. 장소감이 미지의 어떤 곳이 친밀한 장소로서 다가올 때 그 지역에 대한 느낌 또는 의식[5]을 뜻하는 포괄적 개념이라면 장소는 경험 주체에게 어떤 의미로 한정되어 나타나며,[6] 오랜 세월 꾸준한 감정교류를 통해 깊은 의미를 얻을 수 있는 것이다.[7] 이러한 관점은 시인이 장소를 통해 작품을 생산하는 매개가 될 수 있다는 전제와 장소를 둘러싼 시인의 의식세계를 명징하게 드러내 준다는 견해를 토대로 이루어진다. 이 점은 공간을 비롯한 장소 분석이란 인간의 내면적인 삶의 장소들에 대한 조직적·심리적 연구에 해당한다. 이러한 장소 분석의 실체는 바로 거주의 문제이고 그것은 집이라는 장소로부터 시작한다.

개인의 내밀함이 공존하는 집이 교차되어 확장된 곳은 마을이자 고향이다. 모든 사람은 태어나고 자라난 땅과 조상이 물려

---

3) 에드워드 렐프, 김덕현 외 역, 『장소와 장소상실』, 논형, 2005, 287-288면.
4) 위의 책, 73면.
5) 이투 푸안, 구동회·심승희 역, 『공간과 장소』, 대윤, 2005, 7-8면.
6) 나카노 하자무, 최재석 역, 『공간과 인간』, 도서출판 국제, 1999, 44면.
7) 이투 푸안, 앞의 책, 44면.

준 문화를 공유하는 공동체 속에서 '고향'에 대한 애착과 안정감을 터득한다.[8] 이러한 고향에 대한 의식은 공동체와 긴밀하게 연관된 장소로부터 나온다. 공동체의 정체성은 구체적인 장소를 통해 획득되고 장소의 정체성은 공동체 의식을 통해 각인되는 것이기에 상호작용할 수밖에 없다.

집에 그늘이 너무 크게 들어 아주 베어버린다고
참죽나무 균형 살피며 가지 먼저 베어 내려오는
익선이형이 아슬아슬하다

나무는 가지를 벨 때마다 흔들림이 심해지고
흔들림에 흔들림 가지가 무성해져
나무는 부들부들 몸통을 떤다

나무는 최선을 다해 중심을 잡고 있었구나
가지 하나 이파리 하나하나까지
흔들리지 않으려 흔들렸었구나
흔들려 덜 흔들렸었구나
흔들림의 중심에 나무는 서 있었구나

그늘을 다스리는 일도 숨을 쉬는 일도
결혼하고 자식을 낳고 직장을 옮기는 일도
다

---

8) 김태준, 「고향, 근대의 심상공간」, 『'고향'의 창조와 재발견』, 역락, 2008, 13면.

흔들리지 않으려 흔들리고
흔들려 흔들리지 않으려고
가지 뻗고 이파리 틔우는 일이었구나

-「흔들린다」 전문

한국의 지도에 좌표로 찍혀져 있는 강화도는 하나의 공간일 뿐 그곳에 거주하는 다양한 인간의 삶을 담보해 내지 못하는 공간이다. 그곳은 도로 표지판이나 주소명 혹은 방위의 어느 점으로 존재하는, 공간의 추상성에 기반하는 심상지리지이기 때문이다. 그러나 「흔들린다」에서 나타난 공간은 시적 화자가 머무는 구체적인 삶의 장이자 인간의 근원지인 '집'이다. 공간의 추상성을 벗어난 공간의 장소화는 시적 화자가 지닌 삶의 단면을 담보하며 인간적 면모를 지니게 하는 시적 전략의 일환이라 할 수 있다. 따라서 집이라는 장소와 나무를 베는 구체적인 행위를 통해 시적 화자는 흔들림이란 명제를 완성해 가는 것이다.

시가 명제의 형태를 띨 때 일반적으로 담론의 재생산 구조라 명명할 수 있다. 그것은 우리가 혹은 시적 주체가 자신의 내면에서 우러나오는 강력한 욕망의 분출이 아님에도 불구하고 그러한 욕구를 강렬하게 느끼는 것처럼 만드는 것이다. 따라서 명제의 시란 시인의 외부를 둘러싼 현실의 긴박함, 개인적 국면이나 사회적 질서의 당위성 등등이 '무엇(A)은 무엇(B)이다'라는 등식을 만들고, 무엇(a)이 꼭 혹은 최소한 그것(b)이어야 한다는 신념이나 욕망을 명제화하는 것이다.

이러한 현상은 시적 주체가 시적 대상을 향하는 태도와 관련된다. "무엇(A)은 무엇(B)이다"라는 명제에서 '무엇(A)'은 객관적 혹은 현상적으로 실재하는 시적 대상일 터이고 '무엇(B)'은 그것을 바라보는 시인 혹은 시적 주체의 관점이다. 시인은 자신이 형상화하고픈 핵심에 해당하는 무엇(A)에 대한 무엇(B)의 관계를 명제화함으로써 그로 인해 파생되는 또 다른 계열체인 무엇(a)은 무엇(b)이고 혹은 무엇(a')은 무엇(b')일 수 있다는 믿음을 독자에게 제시한다. 이때 시인의 믿음 혹은 시적 주체의 시적 대상에 대한 욕망이 너무 강렬하여 독자의 상상력을 제약하는 효과가 나타난다. 즉 무엇은 무엇이어야 한다는 강렬한 믿음은 비슷한 계열체인 a, b 혹은 a', b'의 시적 형상을 창조하지만 독자는 그 이상의 새로운 형상을 생산하기에는 역부족이다.

인용 시의 경우, '흔들림이란 무엇이다'라는 명제가 시를 끌어가는 핵심이다. 이러한 명제의 전제는 구체적인 장소성에 기반한 것이다. 그곳은 '익선이형'네 집이다. 지극히 일상적이고 사소한 일로 보이는 나무를 베는 행위는 필연적으로 가지를 벨 때마다 흔들림을 동반할 수밖에 없다. 시상이 전개되면서 '나무의 흔들림은 흔들리지 않으려 흔들리는 것이다'라는 명제를 생성시킨다. 이러한 깨달음은 구체적인 현장의 장소성을 기반으로 성립되어 하나의 명제로 완성된다. 그것은 인생사로 치환되면서 '흔들림이란 무엇이다'라는 명제로 명제화된다. 즉, 나무의 그늘이 너무 넓어 집의 볕을 터는 행위도, 살아가는 일련의 행위도 모두 다 "흔들리지 않으려 흔들리"는 것이다. 따라서 나무의 흔들림은 인간사의 흔들림으로 확장되면서 '산다는 것은 무엇인가'라는 근원적인 물음으로 관념화되는 것이다.

산다는 것은 인생, 삶, 운명 등의 계열체로 분화되고 이에 대한 시적 화자의 성찰, 고찰, 반성, 회환 등의 카테고리를 형성한다. 이러한 명제의 시는 시인의 확고한 믿음이 너무 강렬하여 독자를 포함하는 세계와의 교섭이나 소통을 거부하는 시적 전략의 일환이라 할 수 있다. 그러나 완전한 소통의 단절을 의미하지는 않는다. 명제를 구성하는 단계에서 시인은 심각하고도 심오한 성찰의 시간을 가져야만 가능하기 때문이다. 그것은 자아와 세계의 소통을 통해 세계를 받아들인 시인의 내면적 성찰을 전제하기도 한다. 명제를 구성하는 과정은 시인의 내면화를 통해 나타나기 때문에 시어를 구성하는 이전 단계에 해당한다. 이때 구체화된 장소와 장소성은 시인의 내면화를 구성하는 근간으로 작용한다.

> 바람에 살랑살랑 흔들리던 도라지들
> 세상에, 벌이 꽃에 앉으면
> 무게중심 착 잡으며 흔들리지 않는 거 있죠
> 지두 절정의 순간이라 어쩔 수 없는지
> 하얗게 아리게 질린 낯빛인데요
>
> 옛날에 장독대에서 각진 꽃봉오리 터뜨리던

폭폭 소리 사방에서 들려오는 거 있지요

- 「도라지밭에서」에서

'흔들림'은 인간사만의 문제일 수는 없다. 예를 들어, "어찌 보면 몸을 흔들어/ 자신의 몸속에 든 길을/ 길 위에 털어놓는 것"(「비정한 길」)과 "삼백년 된 느티나무의 가지 끝은/ 바람에 흔들리는/ 한살이고 새순이고/ 나이 먹지 않은 지금이다"(「나이에 대하여」)에서 나타난 바와 같이 '흔들림'에 대한 명제는 모티프화되어 형상화된다. 이러한 '흔들림'은 그 자체로 살아간다는 것에 대한 은유이다. 노인의 흔들림(「비정한 길」)과 느티나무의 흔들리는 가지(「나이에 대하여」)는 삶의 과정과 연관된다.

이러한 '흔들림'은 「도라지밭에서」의 경우, 흔들리다와 흔들리지 않다라는 이분법으로 구체화되면서 삶의 한 과정으로 맥락화되는 것이다. 즉, '흔들리다'가 살아가는 일련의 과정을 형상화한다면 그 과정 중 어느 순간을 초점화하여 그려내는 것이 '흔들리지 않다'이다. 바람 혹은 세파에 흔들리던 도라지나 인간들은 벌이 날아들거나 중요한 삶의 기회가 왔을 때 공히 '절정의 순간'이라 할 수 있다.

그 순간은 어쩔 수 없는 시간이기에 하얗게 아리고 낯빛은 질린다. 도라지든 인간이든 그로부터 자유로울 수 없기 때문이다. 그 '절정의 순간'을 지난 '꽃봉오리'는 열매라는 결과를 맺기 위해 터진다. 이때 시적 화자는 이전의 순간을 떠올린다. '옛날'의 '장독대'이다. 과거의 특정한 장소인 '장독대'가 놓인 곳은 현재의 무수한 '절정의 순간'이 사방에서 터져 나오던 장소였다. 그곳은 현재의 도라지들이 흔들리는 장소이자 흔들림과 관련한 시적 화자의 추억을 이끌어내는 근간이기도 하다.

> 도끼날로 얼음장 찍어 구멍 뚫어놓으면
> 양잿물에 삶은 빨래 한 함지박 이고 와
> 살얼음 걷어내며 빨래 헹구던
> 어머니 시려 팔목까지 붉다 푸르던 손
> 그 물가 둑에서 아카시아 열매
> 푸르르륵 푸르르륵 삭풍에 울었지
>
> — 「한포천에서」에서

> 사내는 개를 기른다
> 개는 외로움을 컹컹 달래준다
> 사내와 개는 같은 밥을 따로 먹는다
>
> 개는 쇠줄에 묶여 있고
> 사내는 전화기줄에 묶여 있다
> 사내가 전화기줄에 당겨져 외출하면
> 개는 쇠줄을 풀고 사내 생각에 매인다
>
> 집은 기다림
> 개의 기다림이 집을 지킨다
>
> — 「동막리 161번지 양철집」에서

「한포천에서」의 장소는 '한포천'이다. 그곳은 '어머니'와 관련한 추억의 장소이다. 한포천 '물가' 주변은 「도라지밭에서」의 '장독대'와 마찬가지로 시적 화자의 경험을 떠올리는 장소성을 공유하는 곳이라 할 수 있다. '장독대'가 도라지의 흔들림을 통해 인지한 '절정의 순간'을 과거로 회귀시켜 확장하는 장소였다면, '어머니'와 어머니의 '손'을 떠올리게 하는 것은 한포천의 매서운 겨울 '물가 둑'이다. 그러한 장소가 주는 시적 화자의 정서는 사물의 존재성과 밀접한 관련을 맺고 있다. 중요한 점은 그 사물이 놓인 장소이다. 도라지밭의 도라지나 한포천의 둑은 각기 시적 화자의 정서를 표출하는 매개이기 때문이다. 흔들림이 세파의 여정이라는 인식을 생성케 하는 도라지밭과 힘겹게 살았던 어머니의 삶을 추억하는 세찬 겨울 강가의 둑은 모두 시적 화자의 정서를 이끄는 구체적인 장소에 기반하는 것이다.

이러한 점은 「동막리 161번지 양철집」에서 극명하게 나타난다. 시의 장소는 동막리 161번지에 위치한 집이다. 그곳에 살고 있는 '사내'는 시제가 암시하듯 시골 소재 마을에 살고 있는 사람이다. 사내는 혼자 산다. 그의 삶은 외부와의 소통을 기다리는 생활이다. 도회지의 삶을 꿈꾸는 듯한 사내는 '전화기줄'에 매여 있다. 시적 화자는 집 밖에서 안을 관조하듯 담담하게 시적 상황을 그려낸다. 그 사내의 삶을 이해하는 단서는 '개'다.

같은 밥을 따로 먹고 각기 다른 줄에 매여 있는 두 존재의 공통항은 같은 장소인 집에 있다는 사실이다. 그러나 각자가 다른 '기다림'을 지니고 있다. 따라서 같은 외로움과 다른 그리움을 촉발시키는 장소인 집은 시적 화자의 관념을 형성케 하는 구체적인 기제라 할 수 있다. 「불탄 집」의 경우, 시적 화자는 다양한 관념을 동원하여 폐가가 되어버린 불탄 집에 대한 존재성을 읽어 내고, 「꽃 피는 경마장」에서는 '고배당'을 꿈꾸는 '희망에 중독된 사람들'을 벚꽃 화사한 '경마장'을 통해 형상화하기도 한다. 또한 「구제역 이후」에서는 가축을 매몰 처분한 장소에서 느끼는 회환을, 「나마자기」에서 해질녘 뻘밭에서 곱게 빛나는 나마자기를 통해 소멸과 멸망의 존재를 표출하기도 한다.

3. 존재의 투사와 존재성의 현현

시인은 구체적인 장소로부터 연원하는 현장의 상황을 통해 사물 혹은 풍경을 형상화하면서 정서를 투사시킨다. 정서를 투사한다는 것은 투사 대상에 대한 자신의 존재성을 드러내는 방식이라 할 수 있다. 존재의 투사가 시인의 세계관을 시적 화자를 통해 드러내는 시적 전략일 때 투사의 대상이라 할 수 있는 시적 대상은 존재성을 담보하는 존재로 탈바꿈한다. 지금까지 함민복의 시편에서 인간과 더불어 중요한 시적 대상은 사물이다. 궁극적으로 사물은 인간의 관념이나 존재성을 드러내는 시적 전략으로 기여하는 것이지만 이번 시집의 경우 시적 대상으로 형상화된 사물은 그 자체로 존재를 지닌 사물성으로 극명하게 나타나고 있다.

새들의 명함은 울음소리다

경계의 명함은 군인이다

길의 명함은 이정표다

돌의 명함은 침묵이다

꽃의 명함은 향기다

자본주의의 명함은 지폐다

명함의 명함은 존재의 외로움이다

−「명함」 전문

　사물의 범주는 다양하다. 사물은 인간을 포함할 수도 있는 광의의 개념에서 비인간적인 모든 것을 표현하는 협의의 범주에 이르기까지 그 폭이 넓다. 가시적이거나 비가시적인 것 또한 그 범주에 들어간다. 「명함」은 새, 길, 돌, 꽃, 명함 등의 가시적인 것과 경계와 자본주의라는 비가시적인 사물들이 형상화되어 있다. 이러한 사물들은 각각의 사물성을 특화시킨 존재성으로 명제화되어 나타난다. 즉, '무엇은 무엇이다'라는 명제화는 은유의 형태를 띠면서 '무엇은'이 갖는 사물의 고유하고 그 자체로서 지닌 정체성을 '무엇이다'로 풀어내는 시적 전략의 방식이다. 따라서 '무엇이다'에 해당하는 울음소리, 군인, 이정표, 침묵, 향기, 지폐, 존재의 외로움은 모두 '무엇'이 지닌 사물의 특성을 존재화하여 형상화하는 데 기여하는 것이다.

여기에서 "명함의 명함은 존재의 외로움이다"의 경우, 시적 화자의 정서가 투사되어 나타난다. 한 명함에 두 사람 이상의 이름을 적지 않는다. 명함의 틀에 해당하는 사각형은 바로 명함 속 주인의 감옥이 될 수 있다. 따라서 시적 화자의 정서는 자신의 외로움과 존재의 고독을 명함의 사물성을 통해 읽어내며 '존재의 외로움'으로 명명하는 것이다. 또한 각 행을 연으로 구성함으로써 각각의 명명 행위 사이 사이의 간격을 두어 '존재의 외로움'을 극대화시키는 데 효과적이라 할 수 있다.

> 처음 불타보는 거라고
> 거짓말 한번 해보렴
> 숯아
>
> 당신 어머니
> 탄 속 꺼내놓고
> 그렇게 한번 말해보실래요
>
> ―「숯」 전문

> 불림, 표준세탁, 헹굼, 탈수
> 잉크 다 쏟아지도록
> 원 위에 원을 덧그리며

그간의 문장을 뉘우쳤구나
얼룩과 때를 지우며
자신의 움직임을 빨래에 기록하는
세탁기는 지움을 글씨로 하는가
어쩜
자신에게 주어진 시간을 지우고 있는 사람들도
지움을 글씨 삼는 것 아닐까
사랑과 비겁과 회한을 숨으로
쓰고 지우고 있는 것 아닐까

-「흘림체」에서

    사물의 존재는 사물성을 근거로 이루어진다. 사물이 지닌 자체의 성립 과정이나 특성, 용도, 목적 등에 의해 그 사물성을 규정할 수 있다. 「숯」은 1연에서 '숯'이 지닌 사물성을 토대로 질문을 던지고 2연에서 인간화하여 다시 한 번 답을 요구하는 시적 전개를 띤다. 그러나 숯은 자신이 지닌 사물성을 역행한다. 숯의 성립 과정을 단순 무시하는 질문은 '어머니'의 존재를 투사시키기 위한 전략일 뿐이다. 따라서 존재의 투사는 시적 화자가 지닌 존재성의 현현이라 할 수 있다. 시인은 숯이 숯이 될 수 있는 사물성과 어머니의 정체성을 상관화시켜 시적 아이러니를 형상화하고 있다. 즉, 숯이 피기 위해 겪은 일련의 과정을 방치시켜 어머니가 지닌 모성성을 강조하는 것이다. 이러한 시적 아이러니는 '세탁기'의 사물성에도 그대로 적용된다.
    세탁기는 '얼룩과 때를 지우'는 사물이다. 더럽혀진 빨래를 깨끗하게 하는 세탁기의 사물성은 지움을 기본 속성으로 한다. 그러나 세탁기의 '지움'은 글씨의 사물성인 '쓰다'와 연관되면서 원형으로 도는 자신의 움직임을 아이러니하게 형상화되어 나타난다. 쓰는 것이 곧 지우는 시적 아이러니는 사물의 사물성을 매개로 인간의 문제로 치환된다. '지움을 글씨로 삼는 것'은 '자신에게 주어진 시간을 지우고 있는 사람들'의 '사랑과 비겁과 회한'이란 인간의 감정으로 관념화되는 것이다. 인간의 여러 관념을 세탁기의 지움과 연관되면서 쓰고 지우는 것은 '숨'이다. 인간의 숨은 들숨과 날숨으로 구성되어 있기에 끝없이 순환하는 쓰고 지움이란 일상의 삶을 암시하는 것이다.

너도 궤도를 벗어나

자유롭게 흐르고 싶은 것이냐

구름빛 낮달

― 「낮달」 전문

마음의 여린 길 잊지 않으려
눈물방울도 있었던가

전태일
김남주
리영희

김근태

사람 길 지키려 치열했던 방울들
작아 큰 울림

— 「방울」에서

달은 밤에 뜨는 별이다. 달이 지닌 사물성은 한 밤 중이라는
시간적 속성과 더불어 무언가를 빌고 기원하는 공간적 속성을
내포하는 우리네 문학적 전통과 맞닿아 있다 이러한 속성은 "달
은/ 마음의 숫돌"(「달」)에서 형상화되듯 '숫돌'이 지닌 '갈다'와
마음의 '빌다'가 복합적으로 치환되어 인간의 기원이나 희망을
투사시키는 시적 대상으로 나타난다. 그러나 「낮달」의 경우는
다르다. 시간적으로 낮이다. 그것은 밤이라는 시간 주기를 벗
어나 있기에 인간의 일상에 대한 일탈을 맥락화하는 기제이다.
따라서 밤에 뜨는 달이 일상일 때 낮에 뜬 '구름빛 낮달'은 일상
으로부터 일탈을 꿈꾸는 인간의 "자유롭게 흐르고 싶은" 자유
의 상징적 의미를 띠는 것이다.

사물이 지닌 일련의 사물성은 그것을 바라보는 시적 화자의
삶과 결부될 때 존재성을 획득하며 자신의 존재를 투사하는 시
적 대상으로 나타난다. 따라서 시적 화자의 삶과 세계관이 사물
의 어떤 속성과 결부되면서 존재론적 양상과 더불어 관념화의
경향을 보이는 것이다. 「방울」에서와 같이 마음, 마음의 길, 마
음의 여린 길 등의 관념적으로 함축된 구조는 물, 눈물, 눈물방

울, 치열한 방울 등의 사물적 응축 구조와 맞물리면서 그러한 삶을 표상하는 "전태일, 김남주, 리영희, 김근태"라는 인간의 길과 방울이 결합되어 형상화된다. "뱀 허물/굼벵이 껍질/잠자리 날개/모기 날개/먼지"(「가벼움을 주제로 한 단상들」)에서 각각의 사물들이 가벼움이라는 주제로 엮일 수 있는 것은 바로 인간이 그 사물에 부여한 관념화의 맥락이기 때문이다.

> 줄자는 감겨 제 몸을 재고 있다
> 자신을 확신해야 무엇을 계측할 수 있다는 듯
> 얇은 몸 규칙적인 무늬
> 줄자의 중심엔 끝이 감겨 있다
> 줄자는 끝을 태아처럼 품고 있다
>
> 수도자의 뇌를 스르륵 당겨본다
> —「줄자」 전문

> 철을 만나면 사족을 못 쓰고
> 척
> 달라붙는 자석으로 된
> 미제 수평기水平器가
> 미국 공기방울 하나로
> 한반도
> 한
> 가정집의 균형마저 잡고 있다
> —「수평기」 전문

관념화의 궁극은 사물이 지닌 사물성을 완전하게 합치시키거나 초월하는 것이다. 결국 관념화는 시적 화자의 관념을 사물의 사물성에 기대어 형상화시킬 때 나타나는 것이기에 인간의 관념을 빗대는 것일 뿐이다. 「줄자」의 경우, 줄자가 지닌 감기고 푸는 사물성을 토대로 "자신을 확신해야 무엇을 계측할 수 있다"는 명제를 도출한다. 이때 1연은 자신의 몸을 재고, 태아처럼 품는 응축의 사물성을 기반으로 하지만, 2연에 이르면 응축된 감고 재는 속성을 확산시키고 있다.

고뇌, 수행, 깨달음 등을 연상시키는 '수도자'는 인간의 대표적인 관념의 영역을 내포한다. 그러나 '수도자의 뇌'는 줄자처럼 스르륵 당길 수 있다는 전제로 인해 자신이 확신하는 그 무엇인가를 계측하고자 하는 줄자의 속성과 일치하는 사물성을 획득한다. 반면, 「수평기」의 경우는 줄자의 사물성과 완벽하게 일치되는 것이 아닌 초월의 경향을 보여준다. 수평기는 수평을 잡아주는 도구이다. 주로 건축 현장에서 쓰이는 수평기는 중력을 이용하여 물의 흐름을 통해 좌우균형을 맞추는 사물성을 지닌다. 이러한 사물성은 '미제'와 '한반도'라는 정치역학적 담론과 상관되면서 초월화의 경향을 띠게 된다. 먼저 '미제'의 경우, 미국제품이라는 미제(美製)이겠지만 다음 행의 미국이란 국명과 어우러지면서 미제(美帝)라는 암시성을 함축하게 된다. 이는 수평기가 지닌 사물성을 넘어 '한반도'와 "한/ 가정집"이란 포괄적, 지정학적, 정치적 야릇한 '균형'으로 맥락화되는 것이다. 왜냐하면 '한'이란 시어가 단독으로 한 행을 이루었기에 모든 '가정집'을 아우르는 '한반도' 전체를 지시하기 때문이다.

이러한 확장된 관념화의 경향은 「앉은뱅이저울」에서는 역으로 인간의 내면으로 응축되면서 그 깊이를 더하기도 한다. 계량을 주로 하는 도구인 저울은 사물의 가시적인 질량을 계측하는 사물성을 지니지만 "생명을 파는 자와 사는 자"가 지닌 비가시적인 "시선의 무게"를 재는데 형상화되는 시적 매재로 나타난다. 어부가 소유한 "배 한척"과 "바다의 욕망"은 모두 인간의 바람이 투사된 시어이다. 따라서 "바다의 욕망"이란 인간이 지닌 만선에의 욕망과 밀접한 관련성을 지니는바 '앉은뱅이저울'은 바로 인간의 꿈과 욕망 그리고 탐욕을 저울질하는 도구 이상의 의미를 보여주는 것이다.

4. 궁극의 사물성, 수직과 수평의 논리

함민복의 전 작품을 관통하는 하나의 화두는 수직과 수평의 논리이다.[9] 수직과 수평의 논리는 초기 시부터 다섯 번째 시집에 이르기까지 지속적으로 나타나는 형상화의 원리이기도 하다. 「뻘에 말뚝 박는 법」에서 적실하게 형상화하고 있듯, 수직과 수평의 논리란 근대와 근대성을 인식하고 저항하는 사유이자 시적 형상화의 원리이다. 수직의 논리가 우리의 일상에서 모든 것을 좌우하는 근대와 근대성으로 점철된 도시의 속도를 지시할 때 그것으로부터 저항하고 치유하고자 하는 몸부림이

---

9) 노용무, 「뻘의 상상력과 근대성에 대한 사유」, 앞의 논문, 203-211면 참조.

수평의 논리이자 반근대 의식으로 나타나는 비도시의 느림이
라 할 수 있다.

> 수직은 수직은
> 아지랑이
> 정도만 있었으면
> 우리 맘이
> 수직에 중독되어
> 수직을 수직을
> 잃었네
> 온 세상 다 탑이어서
> 탑 정신없네
> 나무와 풀 빼고
> 수직은 수직은
> 부드러운 직각자
> 아지랑이
> 아지랑이
> 정도만 있었으면
>
> ─「직각자」 전문

'직각자'는 수평기와 마찬가지로 하나의 도구에 불과한 사물
성을 지니지만 수직으로 말뚝을 내리박는 90도의 완벽한 수직
을 지향하고 계측하는 바로미터이다. "수직에 중독되어"버린
이 세상은 자본으로 성립되는 "온 세상 다 탑"인 수직의 현실이

다. 바로 자본주의의 탑이자 인간의 욕망이 생성시키는 바벨탑이다. 이러한 수직의 세상을 강렬하게 상징하는 '직각자'는 이미 수직에 중독되어 버린 현실이자 또 다른 수직의 세계마저 인지하지 못하게 만든다. 그것은 수직의 세상과는 또 다른 수직성에 기반하고 있는 사물이다. 나무, 풀, 아지랑이 또한 수직성에 기반하고 있기에 시적 화자의 진한 아쉬움은 '—있었으면'이란 바람으로 그친다. 그만큼 수직의 세상은 시적 화자를 압도할 만큼 강력하기 때문이다.

> 우리들의 폐에 날아와 박히고 있다
> 우리들이 경쟁적으로 내뿜는 산업화 열기에
> 깨 진 오 존 층 파 편 이
> 납덩이가 되어
> 산탄 외탄 총알이 되어
> 주말이면 어린아이 손잡고
> 숲으로 강으로 피난 나갔다 돌아오는
> 산으로 바다로 치료받으러 갔다 돌아온
> 우리들의 몸에 정신세포에 날아와 박히고 있다
>
> 과녁이 과녁을 향해 총을 쏘아대다니
> 공기는 총이 아니었으나
> 생명을 총으로 만들어놓았으니
> 맑은 공기의 세계에서
> 우리는 자발적으로 추방되어야 할 뿐

공기가 오염되었다고
공기를 향해 함부로 입을 겨누어서는 안된다
　　　　　　　　　　　　　　　　　－「공기총」에서

　시적 화자는 자기 비하적으로 '우리들'을 향해 경고하고 있다.
"우리들이 경쟁적으로 내뿜는 산업화 열기"가 그것이다. "깨 진
오 존 층 파 편"은 각각의 단어가 띄어있어 파편화되고 구멍 뚫
린 근대화의 하늘을 그려내고, 오염된 공기는 자연으로 치유 여
행을 떠났던 사람들의 몸에 '총알'이 되어 박힌다. 시적 화자는
공기총이 지닌 사물성을 빗댄 '공기'와 '공기의 세계'는 바로 '우
리'가 오염의 주범임을 잊지 않으며, 인간이 지닌 이중성과 모순
성을 강력하게 경고하고 있다. 왜냐하면 우리에게 들숨과 날숨
을 가능하게 하는 공기는 인간 스스로에 의해 압축되고 응축되
어 공기총으로 무기화되는 아이러니한 현실이기 때문이다.
　이러한 현실은 다종다기하게 시인의 관심을 끌며 지속적으
로 형상화되는 화두이기도 하다. 예를 들어, '水魔'를 일컬어 '우
리가 물길을 막은 것 아닌가'(「큰물」, 『말랑말랑한 힘』)라는 설
의적 자문자답은 '냉장고'가 '썩어야 할 것을 썩지 못하게 감금
하고 있는'(「악행을 위한 발라드」, 『자본주의의 약속』) 사물로
인지하고 있는 시선과 맞닿아 있다. 따라서 "공기가 오염되었
다고/ 공기를 향해 함부로 입을 겨누어서는 안"되는 이유가 여
기에 있다.

수직한 것들의 근심을 뿜어올려주는
건물의 명함인 간판을 뒤흔들며 호명하는
수평도 차오르면 위험하다고 댐의 수위도 조절시키는
티브이 채널을 물과 바람의 나라 생중계로 통폐합하는
움직이는 기체의 닻으로 고체들의 욕망을 정박시키는
태풍이여

—「태풍」에서

태풍은 수직과 수평을 통합하는 사물성을 지닌 존재이다. '수직한 것들의 근심'이란 '더 빨리, 더 멀리, 더 높이'라는 인간의 욕망을 드러낸, 수직성에 내재한 근대의 논리를 기반하고 있는 자본주의의 탐욕이라 할 수 있다. 따라서 더욱 더 무언가를 향한 끊임없는 욕망을 구현하고자 하지만 이룰 수 없을 때 '근심'이 형성되는 것이다. "물을 보고 삶을 배워왔거늘/ 티끌 중생이 물을 가르치려 하네// 흐르는 물의 힘을 빌리는 것과/ 물을 가둬 실용화하는 것은 사뭇 다르네"(「대운하 망상」)에서 직시하듯 '근심'은 바로 인간의 욕망에서 기인하기 때문이다.

그러한 수직성으로부터 태동하는 자연의 파괴는 필연적으로 "수평도 차오르면 위험"한 생태계를 만들 수밖에 없다. 시적 화자는 우리들에게 당면한 현실 상황을 '물과 바람'이란 자연의 경고를 통해 제시하고자 한다. 그러나 시인은 수평의 논리를 자연의 경고뿐만이 아닌 다양한 사물성을 기반으로 하는 인간의 삶과 내면으로 투사하기도 한다.

1
나는 나를 보태기도 하고 덜기도 하며
당신을 읽어나갑니다

나는 당신을 통해 나를 읽을 수 있기를 기다리며
당신 쪽으로 기울었다가 내 쪽으로 기울기도 합니다

상대를 향한 집중, 끝에, 평형,
실제 던 짐은 없으나 서로 짐 덜어 가벼워지는

2
입과 항문
구멍 뚫린
접시 두개
먼 길
누구나
파란만장
거기
우리
수평의 깊이

－「양팔저울」 전문

　양팔저울은 좌우의 균형을 통해 가벼움과 무거움을 계측하
는 사물성을 지닌 도구이다. 그러나 「양팔저울」에서 사물의 무
게는 인간 관계의 깊이로 대체된다. 인용 시의 1의 경우, "잠시

허리를 펴거나 굽힐 때/ 서로 높이를 조절해야 한다/ 다 온 것 같다고/ 먼저 탕 하고 상을 내려놓아서도 안 된다/ 걸음의 속도도 맞추어야 한다/ 한 발/ 또 한 발"(「부부」, 『말랑말랑한 힘』)에서 그려내었듯, 부부의 관계를 적절하게 '긴 상'을 옮기는 과정으로 빗대어 형상화한 맥락과 닿아 있다. 1이 '나'가 '당신'을 읽어가는 과정을 통해 삶의 소통을 지향하면서 어떤 특정한 인생의 과정을 전경화하고 있다면 2는 인생 전반을 아우르는 삶을 후경화하면서 '수평의 깊이'를 형상화하는 데 기여한다.

일반적으로 수직성은 높이에 기반하면서 '깊이'를 내재하지만 수평성은 면적을 토대로 '넓이'를 수사하는 속성을 지니고 있다. 따라서 '수평의 깊이'는 반수사이자 교차수사이기도 하다. 수직의 속성을 동반한 '수평의 깊이'가 양팔저울이 지닌 사물성을 통해 관념으로 변주될 때 저울 위에 놓여지는 '당신'과 '우리'의 삶은 극대화된다. "안개는 풍경을 지우며/ 풍경을 그린다"에서 나타나듯, 풍경을 지우며 지금까지 볼 수 없었던 또 다른 풍경을 그리는 안개는 '수평의 깊이'를 더 깊게 하는 촉매제이자 사물의 존재성을 다시 바라보게 하는 관점으로 나타난다.

슈퍼 옥수수
슈퍼 콩
슈퍼 소

꼭 그리해야 사람들이 살아갈 수 있다면

차라리
사람들이 작아지는 방법을 연구해보면 어떨까

앙증맞을 집, 인공의 날개, 꼬막 밥그릇
나뭇가지 위에서의 잠, 하늘에서의 사랑
무엇보다도 풀, 새, 물고기 들에게도 겸손해질 수 있겠지
— 「농약상회에서」에서

관점을 달리하기. 곧 사물이 지닌 사물성은 존재의 존재성에 대한 반란을 기도하는 시적 전략이다. 여기에서 멈추지 않고 시인은 자신을 비롯한 인간 자체의 존재성에 대한 회의를 그려낸다. '슈퍼' 작물은 수직의 논리이자 근대적 탐욕의 결정체이다. 시적 화자는 '차라리'에 집중한다. "꼭 그리해야 사람들이 살아갈 수 있다면"이 수직의 논리에 어쩔 수 없는 전지구적 상황을 가정할 때 "사람들이 작아지는 방법을 연구"한다는 익살은 풀, 새, 물고기 등의 사물에게 '겸손'해지는 사죄이다. 그것은 최선의 차선일 수도 최고의 깊이를 더해가는 수평적 관점일 것이다.

4. 결론

본고는 함민복의 다섯 번째 시집을 중심으로 공간과 장소가 드러나는 양상을 사물성과 존재성을 통해 고찰하고자 하였다. 이러한 작업은 『눈물을 자르는 눈꺼풀처럼』을 중심으로 시인

의 전체 시를 아우르는 통시적 관점을 견지한 관점에서 다음과 같은 논의를 수행하였다.

함민복은 초기 시편부터 일관되게 형상화한 시적 전략으로 인간과 비인간을 아우르는 사물성에 주목한 바 있다. 다섯 번째 시집을 이루는 주요 형상화 전략은 공간을 장소화시켜 장소를 관념화하는 데 있다. 시인은 공간의 추상성을 배제하면서 장소가 갖는 구체화를 통해 현장성, 구체성, 사물성을 추구한다.「흔들린다」에서 상징적으로 나타나듯, 시인은 '집'이란 장소의 사물성과 장소성을 통해 '무엇은 무엇이다'라는 명제화를 형상화한다. 이러한 형상화의 과정은 구체적인 사물의 사물성을 관념화하여 시집에 게재된 다종다기한 장소와 인간의 삶을 의미화하는 데 효율적이다.

시인은 각각의 사물에 부여된 사물성을 장소가 주는 구체적인 장소성과 호응시키면서 시적 화자가 지닌 서정을 사물에 투사한다. 이를 통해 사물과 인간의 삶이 교호하면서 관념화의 경향을 띤다. 이러한 특징은 함민복의 초기시편부터 지속된 경향으로 이 시집에 이르러 심화된다. 사물성의 극단에 까지 나아간 수직과 수평의 논리는「뻘에 말뚝 박는 법」에서 나타난 수직과 수평의 사물성을 더욱 정교하게 형상화한 시적 장치이다. 수직성과 수평성을 기반으로 하는 일련의 시편을 통해 시인은 애써 간과했거나 잊어버렸던 사물성을 매개로 수직의 논리에 기반하는 근대성의 일면과 그에 저항하는 수평의 관점을 인간의 삶과 내면으로 드러낸다.

【 참고문헌 】

강정구, 「새로운 권력의 형성과 주체의 대응: 김승희, 함민복, 서정학
의 시를 중심으로」, 『고황논집』, 경희대학교 대학원, 1999.

고선주, 「하얗게 떠오르는 길: 뻘의 말랑말랑함과 수평의 미학-함민
복 시집『말랑말랑한 힘』(서평)」, 『열린시학』, 2005.

김도언, 「'눈물은 왜 짠가' 낸 함민복(인터뷰)」, 『출판저널』, 2003.

김소연, 「자본주의 생태계에서 뜨겁고 깊고 단호하게 살아가기:(작가
조명)함민복 시집『눈물을 자르는 눈꺼풀처럼』」, 『창작과 비
평』, 2013.

김혜니, 「우주창조의 비밀 '모든 경계에는 꽃이 핀다'를 중심으로」, 『이
제 희망을 노래하련다 : 90년대 우리시 읽기』, 이화현대시연
구회, 2009.

노용무, 「자본주의의 약속, 그 절망과 반란의 글쓰기-함민복의『자
본주의의 약속』론」, 한국문학이론과 비평학회, 『한국문학이
론과 비평』18집, 2003. 3.

노용무, 「뻘의 상상력과 근대성에 대한 사유-함민복의 '뻘에 말뚝박는
법'을 중심으로」, 한국언어문학회, 『한국언어문학』50집, 2003. 5.

노용무, 「허구와 실재의 경계에 놓인 시학-함민복론」, 『어문연구』
4호, 2006. 2.

노용무, 「길과 그림자로 이어진 뻘의 상상력-함민복의『말랑말랑한
힘』론」, 『한국언어문학』65, 2008.

문선영, 「패러디와 문화비평」, 김준오 편, 『한국 현대시와 패러디』,
현대미학사, 1996.

문혜원, 「경험에서 이끌어낸 실존론적 사유」, 『눈물을 자르는 눈꺼풀

처럼』, 창비, 2013.

박성원, 「우리는 닭대가리였다(함민복 인터뷰)」, (계간)『시작』, 2013.

백인덕, 「90년대 시에 나타난 서정 인식의 변모 양상」, 한국언어문화
학회, 『한국언어문화』 18집, 2000.

오세영, 「이미저리의 직조 – 정해종, 함민복, 이인순」, 『변혁기의 한국
현대시』, 새미, 1996.

오수연, 「현대시의 대중적 소통에 관한 고찰」, 『어문연구』, 2011.

이경수, 「뻘의 상상력과 시의 운명」, 『시안』 2001년 가을호.

이경호, 「텔레비전 속의 현실과 우울증의 나르시시즘」, 『우울氏의 一
日』, 세계사, 1990.

이문재, 「애비는 테레비였다 – 서울, 자본주의, 그리고 연꽃 한 송이」,
『문학동네』 1998년 여름호.

이형권, 「한국현대시의 미국문화 수용에 관한 탈식민주의적 연구」,
『어문연구』, 2005.

이혜원, 「평범한 마음의 길」, 한국간행물윤리위원회, 2005.

전정구, 「진실의 가면」, 『약속없는 시대의 글쓰기』, 시와시학사, 1995.

차창룡, 「달빛과 그림자의 경계에 서서」, 『모든 경계에는 꽃이 핀다』,
창작과비평사, 1996.

최영진, 「강화도에서 어부로 살아가는 시인 함민복의 일상」, 『레이디
경향』, 2005년 11월.

함성호, 「공포의 서정, 환위의 시학」, 『자본주의의 약속』, 세계사,
1994.

허현경, 「함민복 시에 나타난 '일상성' 연구」, 한국교원대 석사논문,
2012.

황기남, 「함민복 시 연구」, 한국교원대 석사논문, 2008.

시인 함민복

약력/시집

1962. 충북 중원군 노은면 출생.

1987. 서울예전 입학.

1988. 『세계의 문학』에 「성선설」발표 등단.

1989. 서울예전 문예창작과 졸업. 88–99년 〈21세기 전망〉동인 활동
(허수경, 차창룡, 윤제림, 함성호, 이선영, 김중식, 유하, 진이정)

1990. 『우울氏의 一日』(세계사). 동인 활동하면서 신도시 개발되기 전
의 일산 마두리 거주.

1993. 『자본주의의 약속』(세계사). 문산 거주.

1994. 버팀목 출판사 근무. 처음 강화도 구경.

1996. 9. 5. 생일, 강화도 이사.

1996. 『모든 경계에는 꽃이 핀다』(창작과비평사).

2005. 『말랑말랑한 힘』(문학세계사)

2011.3. 6. 박영숙과 결혼.

2013. 『눈물을 자르는 눈꺼풀처럼』(창비)

산문/동시집

2003. 『눈물은 왜 짠가』(이레)

2006. 『미안한 마음』(풀그림)

2009. 『길들은 다 일가친척이다』(현대문학)
「바닷물 에고, 짜다』(비룡소)

2011. 『시인의 마음으로 시 읽기-절하고 싶다』(사문난적)

249

2011. 『꽃봇대』(대상)

2012. 『미안한 마음』(대상)

2013. 『당신 생각을 켜놓은 채 잠이 들었습니다』(시인생각)

2014. 『눈물은 왜 짠가』(책이있는풍경)

문학상 수상

1998. 오늘의 젊은 예술가상

2005. 제24회 김수영 문학상

2005. 제7회 박용래 문학상

2005. 제2회 애지 문학상

2011. 제6회 윤동주상 문학부문 대상

2011. 제비꽃 서민시인상

함민복 작품 시집별 목록

제1시집: 우울氏의 一日(세계사, 1990)

1

성선설/ 産/ 우리들의 노예들에게/ 출하/ 흙 속으로 떠나는 전지훈련/ 사과를 먹으며/ 지구의 근황/ 똥/ 수박/ 자위/ 나는 여대생의 가방과 카섹스를 즐겨보려 한 적이 있다/ 취객어록/ 방/ 토문강에서/ 방점찍기/ 박수소리3/ 흑백 텔레비전 혹은 비전 또는 개안/ 참힘/ 우산 속으로 빗소리는 내린다/ 후보선수/ 경로당/ 중앙선/ 마무리에서

2

가난을 추억함/ 쑥부쟁이/ 한겨울의 노래/ 그날 나는 슬픔도 배불렀다/ 라면을 먹는 아침/ 흑백 텔레비전을 보는 저녁/ 상계동 시절/ 지하생활 3주년에 즈음하여/ 잠/ 박수소리1/ 박수소리2

3

우울氏의 一日1/ 우울氏의 一日2/ 우울氏의 一日3/ 우울氏의 一日4/ 우울氏의 一日5/ 우울氏의 一日6/ 우울氏의 一日7/ 우울氏의 一日8/ 우울氏의 一日9/ 우울氏의 一日10/ 우울氏의 一日11/ 박수소리10

제2시집: 자본주의의 약속(세계사, 1993)

1 꽃의 악

백신의 도시, 백신의 서울/ 켄터키후라이드 치킨 할아버지/ 여행에 대한 비관론/ 한강유람선/ 초지/ 우리시대의 벽화/ 인공수정/ 봄/ 펭귄/ 1990, 고요한 동방의/ 달, 향수의 포석/ 1988, 우리가 남긴 벽화에 대하여/ 손바닥을 남긴 사람들/ 발록구니, 세밑, 1992/ 위험한 수업/ 자본주의의 게임/ 자본주의의 메뉴/ 오우가/ 대전 엑스포/ 엑셀런트 시네마 티브이 · 2/ 광고의 나라/ 엑셀런트 시네마 티브이 · 1/ 양공주/ 자본주의의 사랑/ 자본주의의 약속/ 어머니가 나를 깨어나게 한다/ 사랑 혹은 죄인이 따로 있는 벌/ 자본주의의 삶/

2 惡의 질서

말세/ 망치소리/ 구멍/ 우울氏의 一日 · 14/ 늙은 개/ DOG재자/ 내 온 몸 그대가 되어/ 종돈/ 욕망의 망각곡선/ 사계/ 붉은 겨울, 1986/ 근황/ 희망을 흡수한 거울/ 욕망의 연애론/늦은 봄나들이/ 샐러리맨 예찬/ 모델 하우스/ 이북 5도민 회관에서/ 화창한 봄날이 그녀에게 톱날을/ 파고다 공원에서/ 세월/ 푸르른 나무숲은 더러운 산소똥을 싸고/ 푸르른 나무숲은 더러운 산소똥을 싸고〈시작노트〉/ 태양, 그 제국주의자의 잔인한 빛살/나무, 용서할 수 없는 더러운 욕망의 막대 그래프/ 惡行을 위한 발라드/ 굵은 소금/ 목재소에서/ 밥/ 기록, 어설픈 하나님/ 죄

제3시집: 모든 경계에는 꽃이 핀다(창작과비평사, 1996)

제1부 선천성 그리움
선천성 그리움/ 七夕/ 冬至/ 세월1/ 환향/ 母/ 子/ 가을 하늘/ 눈물은 왜 짠가/ 어머니1/ 어머니2/ 서울역 그 식당/ 공터의 마음/ 가을/ 내가 잃어버린 안경은 지금 무엇을 보고 있을까/ 흐린 날의 연서/ 짝사랑/ 산/ 아버지의 묘비명/ 송홧가루 날리는, 아버지 사진 한 장/ 산속에서 버터플라이 수영하는 아버지/ 가을 꽃 가을 나비/ 晩餐/ 폭포의 사랑/ 섣달 그믐

제2부 달의 소리
까치집/ 백목련/ 득도/ 염소/ 石月/ 童子僧/ 달의 소리/ 몸이 많이 아픈 밤/ 東雲庵1/ 東雲庵2/

제3부 거대한 입
한강1/ 낚시터에서 생긴 일/ 살구골 저수지의 봄/ 농촌 노총각/ 유덕아범/ 우표/ 씨네마 천국/ 쓸쓸한 거울/ 먹보분식/ 하늘을 나는 아라비아 숫자/ 자본주의의 주련/ 아남 내셔널 텔레비전/ 수음을 하는 사내/ 한강2/ 해외로 팔려가는 이 나라의 검은 돌들에게

제4부 꽃
게를 먹다/ 여름, 그 무덥던 어느 날/ 구혼/ 무서운 은유/ 쥐가 갉아먹은 비누로 머리를 감으며/ 어떤 부엌/ 달의 눈물/ 금호동의 봄/ 毒은 아름답다/ 긍정적인 밥/ 詩/ 詩人1/ 탑골공원에서/ 푸른 산/ 詩人2/ 세월2/ 희망/ 소리의 길/ 오래 된 잠버릇/ 버드나무/ 대나무/ 꽃

제4시집: 말랑말랑한 힘(문학세계사, 2005)

1
나를 위로하며/ 감나무/ 호박/ 봄꽃/ 폐가/ 청둥오리/ 부부/ 그 샘/ 거미/ 보따리/ 초승달/ 최제우/ 옥탑방/ 귀향/ 폐타이어/ 식목일/ 길 위에서 깔려 죽은 뱀은 납작하다/ 길의 길/ 물/ 정수사/ 길

2
봄/ 환한 그림자/ 불타는 그림자/ 질긴 그림자/ 불 탄 산/ 고향/ 개밥그릇/ 뿌리의 힘/ 폐타이어 · 2/ 일식/ 그림자/ 사십 세가 되어 새를 보다/ 그늘 학습/ 원을 태우며/ 아, 구름 선생/ 달과 설중매/ 그리움/ 해바라기/ 논 속의 산그림자

3
천둥소리/ 전구를 갈며/ 김포평야/ 검은 역삼각형/ 눈사람/ 여름의 가르침/ 소스라치다/ 감촉여행/ 그리운 나무 십자가/ 돌에/ 기호 108번/ 같은 자궁 속에 살면서/ 개 도살장에서/ 죄/ 큰물

4
섬/ 뻘에 말뚝 박는 법/ 뻘/ 숭어 한 지게 짊어지고/ 승리호의 봄/ 닻/ 주꾸미/ 푸르고 짠 길/ 물고기/ 동막리 가을/ 어민 후계자 함현수/ 분오리 저수지에서/ 개/ 낚시 이후/ 한밤의 덕적도/ 저 달장아찌 누가 박아 놓았나/ 물고기 · 2/ 뻘밭/ 딱딱하게 발기만 하는 문명에게/ 섬이 하나면 섬은 섬이 될 수 없다(산문)

제5시집: 눈물을 자르는 눈꺼풀처럼(창비, 2013)

제1부

명함/ 달/ 금란시장/ 사연/ 흔들린다/ 꽃 피는 경마장/ 겨울 수수밭/ 비정한 길/ 차마 말할 수 없었다/ 숯/ 영구차를 타고 가며/ 짐/ 봄비/ 동막리 161번지 양철집/ 열쇠왕/ 구름의 주차장/ 눈물을 자르는 눈꺼풀처럼/ 당신/ 합장의 힘/ 여름의 가르침 2/ 보문사/ 파씨 두서너알/ 나이에 대하여/ 흘림체/ 방울/ 이가탄/ 슬프고 아름다운 그림을 보았다

제2부

줄자/ 수평기/ 직각자/ 나침반/ 죽은 시계/ 앉은뱅이저울/ ○/ ○ 2/ 화살표/ 낙하산/ 페타이어 3/ 양팔저울/ 외바퀴 휠체어/ 불탄 집/ 가벼움을 주제로 한 단상들/ 빨래집게/ 공기총/ 안개/ 태풍/ 망치질하는 사람/ 서울 지하철에서 놀라다

제3부

씨앗/ 가을 소묘/ 고려산 진달래/ 굴/ 봉선화 손톱에 물들 만하다/ 늦가을 감나무/ 하늘길/ 낮달/ 서그럭서그럭/ 도라지 밭에서/ 고추밭 블루스/ 뻐꾸기/ 오래된 스피커/ 악기/ 흥왕리 방앗간/ 농약상회에서/ 한포천에서/ 대운하 망상/ 김선생의 환청/ 구제역 이후/ 봄비, 2011, 한반도, 후꾸시마에서 날아온/ 나마자기

노용무

시로 보는 함민복 읽기

인쇄 2016년 5월 25일
발행 2016년 5월 30일

지은이 노용무
발행인 서정환
펴낸곳 수필과비평사
주소 서울시 종로구 삼일대로 32길 36(익선동 30-6 운현신화타워 빌딩) 305호
전화 (02) 3675-3885, (063) 275-4000 · 0484
팩스 (063) 274-3131
이메일 sina321@hanmail.net   essay321@hanmail.net
출판등록 제300-2013-133호
인쇄 · 제본 신아출판사

ISBN 979-11-5933-027-8   03810

값 18,000원

이 도서의 국립중앙도서관 출판예정도서목록(CIP)은 서지정보유통지원시스템 홈페이지
(http://seoji.nl.go.kr)와 국가자료공동목록시스템(http://www.nl.go.kr/kolisnet)에서
이용하실 수 있습니다.(CIP제어번호: CIP2016013268)

Printed in KOREA